師範短篇小說選

師範 著

師範短篇小說選／目次

慧眼

經驗是沒有用的。人，總重複自己的錯誤。

把旅行箱拎到門外，看看室內，確實沒有要帶走的東西了，她舒了口氣，順手將門帶上。

啊！鑰匙又忘記在鞋櫃上了！

這不是第一次。每次發生這樣的情形時，就會說不出的懊惱。最後，總是大動干戈，到很遠的地方找個鎖匠來開，花時間，累死人，而且躭誤了該辦的事情。每次都提醒自己不要再忘記，但總是忘記。

不過今天的懊惱少了很多，而且很快就消失了。因為畢克身上還有一支，再說，房間裡的這些東西，以後也不會搬到新居裡去。他們已經到傢俱店仔細看過了，沙發在那裡買，床用那個牌子的。

想到要結婚了，那種喜悅別人無法體會，自己卻覺得，長久在找的終於找到了。這些年來，一直在東碰西撞，但一直沒有碰到在各方面都令自己合意的。不，有過一個很不錯的。

但當時有恃無恐，自己沒有道理的矜持，使對方知難而退，或者說不想再浪費時間而放棄。後悔，但為時已晚。而很快的都三十好幾了，雖然自己其他的條件依然不錯，但歲月的壓力愈來愈大。還好，沒有白等，終於，他來到她的面前了。

他就是畢克。畢克．紀德爾。三個月以前，她在國家劇院門口遇到他，在中場休息的時候，他們在走廊上又不期而遇。現在看來，那是緣分。那時他微笑着向她點了點頭。那是同好間一種很善意的舉止。她自己也微笑着點了點頭。看到她的善意，他就趨前，以略微前傾的身軀文雅地向她說了一句簡短的話。可以確定那是一句問候的寒暄。但是她的外語不行，他又說得很輕，正在有點惘然而尷尬的時候，他卻很快微笑着用中文說：「您好，幸會。」在這之前，她很少機會與外國人接觸。工作的性質沒有需要是部份的原因，自己外語能力才是一大障礙。昔日的同學中也有幾個跟外國人結了婚，幸福的遠渡重洋去了，內心的羨慕遠甚於口頭的祝福，但是自己語言條件不足，也就不存奢望。而現在面前的人卻在努力的適應她，他的中文雖不流利，發音也不準確，但是她完全聽懂了，並且很快的回應了對方的善意。

「您好，」她也微笑着回答。加上她的好奇：「您也喜歡崑曲？」那天的劇目是「覆水」，朱買臣休妻的故事。

他告訴她，對中國傳統的戲曲有特殊的喜愛，以今天而言，特別對戲裡男主角強烈的內心掙扎的表情非常激賞。他是英國人，現在是劍橋東方藝術研究所的博士生，在英國時就對平劇、崑曲等有相當的獵涉，這次是到這裡來實地體驗蒐集資料，作為博士論文的依據。

南國初夏的夜晚，紀德爾紅色翻領衫下隱藏着他健碩的身材；輕慢堅定的談吐，小小的蓄鬍以及光滑赭紅的臉頰，在在洋溢著一個四十歲左右西方男性特有的迷人活力。

被尊重的感覺很好。於是她也告訴他，早幾年就出了學校的門，現在北部一所私立的中學裡教書。聽他說在修博士，她笑着說，雖然她在前幾年也考上了研究所，但在職的研究生腳步總是慢了很多，所以哪一天會拿到碩士還不知道。她不想讓他以為她是一個普通學歷的普通職業婦女。不過，說實在的，這個年頭她這個工作還是一個不算太差的差使，待遇也還可以，每年又有好幾個月的假期不用上課。既然無意也不太可能換工作，哪一天拿到碩士，並不着急。不過今天的情形，準碩士的宣示明顯的增加了對方對她的尊敬。

偶然的邂逅很愉快，後續的交往就順理成章。他好尊重她！適度的彬彬有禮，簡直比東方人更像東方人。也許是他家世的關係吧？見面、吃飯、觀劇，他總是打破原來是西方學生慣例，現在也已是東方學生不成文法的自助付帳，而每次都搶先付帳，雖然他們吃的都是很普通的餐點。每次送她回去時，總是很有禮貌的向她道別。看得出來他對她與日俱增的深情不捨，有時她幾乎想邀他進去，但那種正人君子的氣度卻使她無法開口。原來他真有錢！因為在一次毫不在意的談論中，他無意中說出；他是一個候爵鉅額遺產的唯一繼承人。作為一個智識份子，她可完全不在乎他的財富。重要的是，他花錢既不吝嗇，也不奢侈。錢，她當然不能跟他比，不過這幾年來，她也積蓄了一些，以她工作的收入來說，也就是一筆不大不小的積蓄。只是這幾年的不景氣，定存的利率已經減到快成零了。同事們都乾脆把定存轉到活儲裡，走向股票或基金的方向。她覺得這種走向無可厚非，所以最近也已經把定存先轉到活儲。並且把它分別存到三家銀行。雞蛋不要放在一個籃子裡，即使找不到合適的機會去轉換跑道，每年也不過一、兩萬塊錢的損失，比一直僵在無利可圖的定存強多了。

慢慢的，她瞭解他更多：他沒結婚，也沒結過婚。而且，她進一步的確定：他沒有女朋友：至少現在沒有女朋友。「當然有過，不過現在沒有。如果有，」他說：「那就是妳。」

而在一個多月前，他終於向她求婚了。

「我要你嫁給我。」他說：「我要娶你。」

從傳統的中國人來看，也許快了一點。可是，這是現代。而且，對方是西方人。他們表達感情的方式很直接。對她而言，幾年前那次只有矜持但不理性的拒絕，使她後悔得幾乎毀了這一生，那種重複的錯誤不能再犯。她已長大，不再幼稚到只有夢想，而笨拙到再度放掉這個不知道什麼時候才會再有的機會。她肯定的告訴自己：這種機遇以後不會再有。於是，她開心的，不需要再自以為是的胡思亂想，很快的就點了頭。那早已非常脆弱的自我設防，不論是心理的，甚至生理的，一下子都瓦解了。那晚他送她到住處的門口時，她第一次要他留下來陪她。

現在，她要跟他去辦理公証結婚。畢克一早就先出門去拿車子，他們約好十一點在法院公證處見。昨晚他要她今天多睡一下，因為這個把月裡，她的睡眠嚴重不足，多睡兩三個小時，也多少可以稍解一下今天她們的旅行。至於他，因為英國方面的匯款通知來了，他要先去銀行拿錢，再去拿車，然後去辦理結婚手續。而辦完公証結婚，他們就要坐上他的新車去環島旅行。他們會先到中部看她的父母，環島一週後要去英國看他的雙親，然後要用整個的暑假去南非渡他們的蜜月，到學校開學前才回來。那時可真的要開始忙了。給學生教書，自己唸書，但是更重要的，恐怕必需要為孩子的來臨開始準備了，因為今天早上起床後，一連串的打嗝證實自己已經懷孕了。他一直希望很快就有他們的孩子，現在他的願望實現了。等一下她就要告訴他，她要他驚喜，會高興得跳起來的驚喜。

畢克這時正在南卜的高速公路上。他對這輛剛出廠的最新型LAND ROVER非常滿意。大馬力四輪傳動的越野車就是特別有勁。超車時那種加足油門飛馳直前的聲音與快感前所未有。到底是原價就要三萬多英鎊的名牌車種，就是不一樣。他早就希望有這麼一輛車，但是在這些日子裡，都沒有足夠的錢，而只能在每次經過那家經銷商門口時，眼巴巴看着陳列在玻璃櫥窗裡的這輛車子。現在，這輛車子終於屬於他了，這使他在以後的生涯裡，增加了很大的優勢。不論是身份，氣派、年輕化、以及實際的方便都是。賺錢是不容易的。有一本行銷的書說，能使別人自願的從口袋裡掏出錢來買你的產品，這不是技術，而是一種藝術。而現在，他要自豪的說，要別人從口袋裡掏出錢來給你買你喜歡的東西，那更是藝術中的藝術。於是他心滿意足的笑出了聲，而再度加足了油門，超越了另一輛車。

天氣真熱。這裡這個夏天比以往幾個夏天更熱。愈來愈熱。新車的冷氣夠好的了，但仍不能減少他的汗珠。他從面紙盒裡抽出兩張面紙，擦了額角與額頭的汗水，拿起水瓶來喝。真的，這幾個鐘點他還沒喝過一口水。因為他忙着去幾家銀行，把每一張提款卡都一再提領，直到每一張都不能再提為止，就像昨天他去了很多百貨公司跟大賣場，把每一張信用卡都刷爆為止一樣，不管是白金卡，金卡，還是普通卡。然後，留下要付給汽車公司的餘款，把其餘的現金全部換成美鈔，而安然的坐上了新車開上高速公路。看看手錶，很好，十點四十分。她這時正要出門吧？他可不想在事情已經順利辦完後再遇上不必要的麻煩。

來這裡已經好幾年了，這是第幾次？自己也忘了。畢克．紀德爾？那幾個傢伙真是讓人又氣又好笑。那一次他又在那個公園裡見到那幾個哥們兒。他跟他們幾個都是外地來的，平常各顯神通，個別發展。沒戲唱的時候，就是患難之交，混在一起，交換經驗。他在這幾個當中長得最正，腦筋最好。半年以前，在聽完他最近一次的戰績時，他們就笑着說，你那幾個名字都不實在，以後你應該叫BIG CHEATER。乍聽之下，他非常冒火。但是靜下心來，他覺得這用中文來說，畢克．紀德爾，還滿有音節的。比他那本辛巴威護照上的蓋茨比要好聽得多，也比他另一本英國護照上的名字強。而且，反正他永遠不會把自己的真名實姓告訴別人，這一次就用這個吧！至於身份，這些年來有時候是股票分析師，音樂家，有時候是退休運動選手，潛水教練。這次到國家劇院來，就做博士生吧。幸虧是博士生！人家正在讀碩士。否則，恐怕困難得多。

這個年頭，沒有一點餘錢，養不起嗜好，不會進出高級的娛樂或者藝術場所。那天來國家劇院碰碰運氣，這個女人還可以。身材高挑，不是很漂亮，但還算有點氣質。其實有沒有氣質，關係不大，他又不會討她做老婆。但是，要在這種場合做一件事情，也不能太降格以求，就得找那些自命風雅，吃了虧還死要面子，不敢大聲嚷嚷的人。經驗多了他不太會看走眼。結果正如他所預料中的，一個自以為是，無知的自命不凡的小智識份子，不是很老，但年齡也不算小的女人。有她起碼的，可憐的矜持，也有她在這個年齡最後必須務實的選擇。那天看她答不出他的寒暄，他就確定這才是他最好的獵物：她不會有能力去多研究對方，因為，她連工具都沒有。於是，他乾脆說，他叫BIG CHEATER，畢克．紀德爾。果然她沒有警覺。反正，她不會看他的護照，他也不會讓她看到，不管那一本。

跟這樣一個女人交往，要先弄清楚她究竟有多少底。他不認為她有很厚的底，他也不認為自己有掀厚底的能耐。但總不能完全沒有底。要不然，費了九牛二虎之力，而一無所獲，那是天大的笑話。但是這種投資也需要一定的時間，不過要儘快。因為自己也已不是二、三十歲了，時不我與。賺錢也要本錢。於是他在有意無意中讓她知道，他是個鉅額遺產的繼承人，不過他完全不在乎，他靠他自己。他告訴她，估計再過半年，他就會拿到博士，校方已約他回校任教，開始時月薪是八千五百鎊左右。然後，談到這裡的待遇情況，大學的，中學的，自然的就談到她目前的待遇。他認為這種待遇太低。「你拿了碩士，我介紹你去給英國的學校或在機關工作，或者英國駐這裡的機構。」因為，他已很快的估算出她目前應已存下多少錢。他開始加緊步伐，禮貌有加，更多的體貼，搶先付帳，過門不入等等，當她在各方面完全瓦解時，他就向她求婚，而住進她的居所，並且讓她不再讓他搬出去。

現在，他真正的工作才開始。他原希望，結婚後她與他馬上一起回英國住。但是兩人商量的結果，首先，他自己因為蒐集博士論文的資料，至少還要在這裡躭上半年，而且她也要加緊取得碩士學位，這樣她也正好可以在這裡再教一個學期的書。所以兩人決定先結婚，在這裡先租一層公寓來住。不要再在這裡買房子，因為要不了多久，他們就會回英國去。不過，即使在這裡只再住半年，小家庭必要的設備還是得添置，新婚新居新氣象。他要她先去看，各方面都合適的就訂下來。

「或者，」他說：「先看好了，等我們旅行回來再買也好。」這樣，他們一起去看這看那，把一切該買的都看清楚了，回來後就可按圖索驥的去辦。「可是房子要先看定。」他說：「這樣回來後就直接搬進去了。」於是，他們看中了一層在七樓的小公寓，談好再過一個月就搬進去，他就付了五千元的訂金，好讓房東保証在這一個月裡不再租給別人。

回到住處，她拖住他繼續討論日常生活費用等細節。他們計算兩人每月的收入，必要支出，娛樂，休閒等所需的費用，以及將來孩子來臨後必需增加的開支等等。對家用這樣詳細的規劃，男人開始覺得有點心煩。

「你仔細去算吧，」他笑着和衣躺在床上：「算出來是多少後告訴我，我就拿錢給你。」他順手從他的皮夾裡掏出一張金融卡遞給她：「你自己去提，密碼是四八一六。或者拿我的信用卡去刷。」

她停下正在計算的工作，斜着眼看他，笑着責備他說：「我們結婚以後，你還是你，我還是我，是不是？分得到很清楚。你以為我要你養我，是不是？——你放心，我不會侵佔你繼承的遺產。」

他趕快從床上坐起來。

「我不是這個意思，」他摟緊她說：「我覺得我們的開銷沒多少錢，我有能力負擔，還沒有必要去動用你的收入。這樣吧，那一天錢不夠的時候，再跟你拿。好不好？」他親着她：「好不好？」

她突然覺得有着無比的安全感。這麼好的一個男人，處處都為她，都在保護她。她終於看對人了！老天有眼！以前，她總三不五時想起當年那個一心想要她的人，真的彎懊惱自己當時真笨，不長眼睛。但現在證明，她不但不笨，而且她的眼力還高人一等。於是，她也緊緊的抱住他。

從如夢的熱情裡醒來時，已快到應該要去吃晚飯的時候了。她從床上坐起來，走到放皮包的椅子旁，在皮包裡拿出幾張卡片，走回床上再在他身邊躺下。「這是白金卡，這是金卡，這是普通卡。上面都有我的簽名式。這是提款卡，三張都是同樣的密碼，是——」沒等她說下去，他就摀住她的口：「不要說了，我要用的話，跟你借的時候再說。」

「為什麼准你說，不准我說？」她鑽進他的胸口，撫摸著他襯衫上的扣子：「你根本想分清楚。」

「不是這樣，」他笑着說，親着她：「我不想記那麼多，要用的時候再問你才會記得。」

她笑了起來。男人們對不想做的事情就很不想去操心。她覺得要逗他。看他什麼時候會不耐煩？他不耐煩的時候會是什麼樣子？

「我偏要你現在就知道，你要記好，我以後不會再講了。」她笑着說。

「其實你不用說我猜也猜得到。」他還是不想聽。

「你猜得到？」她說：「是多少號？」怎麼會！

「唉，」他說：「你們女生就是用生辰月日嘛，不是嗎？」

她拼命捶他。一面笑，一面捶。

「你們男人真壞，」她笑成一團間接承認了他的話：「女人的事，你們都知道。還能有什麼瞞得過你們啊！」

他笑了起來。他是真的開心的笑了。他不會告訴她，為什麼他笑得這麼開心。因為他歪打正着。他反而有點不忍起來。不過，這個關鍵時刻，他不能讓她懷疑。這件事用這樣的方式來沖淡可能的痕跡，很好。於是，他再度緊緊的抱住她：「我要你馬上為我生個孩子。馬上！我的孩子！我們的孩子！」他再度的吻她，親她，要她。而她也流着樂極而出的眼淚吻他，親他，給他，並且要他。

養兵千日，用在一朝。他已養了三個月的兵，並且在勤練她的簽名式的辛苦後，現在是用兵的時候了。他終於得到了希望已久的報償。不多，但也不少。

如果要具體來算，也不是太難。愛情，或者說感情，不要談，好不好？——這個問題不存在。性？一半一半。不，自己付出的多，得到的少，因為比她年輕漂亮的，他見過不少。不過這跟投入的現金支出，都是成本的一部分，只要報酬率合理，必要的成本也是理所當然。而利潤，這項投資的最終、也是唯一的目的，或者說，這項最重要的目的，還算差強人意。當然，有一項成本不容易計算，那是人生的歲月。這次又費了三個月。人有多少個三個月？不過仔細想想，你不去利用，你也留不住。每個人的青春歲月，都會很快過去。不管你是否曾好好珍惜，或怎麼善加利用，都會很快消失。那是一把抓在手裡的水，留不住，在不知不覺中悄悄漏光。

當然別人的青春歲月也被這樣的消蝕掉了。沒有辦法。每個人都要為他自己的行為負責，不管是準確的、錯誤的、自己清楚的，或者是暈頭轉向的。

想到這裡，他下意識地又看了一下錶。十點五十五分。他趕快再檢查一下他的手機，確定早已關掉。現在起他不想聽到她的電話。一切都已過去，他需要放鬆。天氣好熱。他再把水瓶拿過來。那下面一堆什麼紙？他把它摸過來。那是昨天買來給她看了、填好、要向公証處提出的申請表。他早就忘記這件事。結婚？他可從沒想過。他把那幾張紙撕成兩半，丟進車上的小垃圾筒。然後，再度踩下油門向前奔馳。他要在下一個交流道出去，到旁邊那個大賣場去，把昨天已經付清價款，約好今早去拿的那台最新型多功能筆記型電腦裝上車，然後去化粧品部接那個主任。他已約好今天中午十二點請她吃飯。不知道她是不是有錢？多少有一點吧？她長得滿正，而且比她年輕。年輕就好。

計程車真慢，紅燈又特別多。天氣又更熱。十點五十五分。還好，再過一個路口，就會到公証處了。看了看前面的計程錶，她打開手提包，抽出一張紅色紙鈔，再摸出幾個硬幣。咦，什麼東西夾在硬幣中掉下去了？她俯下身去摸上來，從不解的剎那中忍不住笑出聲來。昨天晚上才交給他的那支鑰匙，他居然又偷偷的把它放回她的手提包！這個男人！細心、用錢都使你有十足的安全感，但他更是一個懂得生活情趣，有時讓你啞然失笑的，可愛的男人。他懂得什麼要管，什麼不要管，以及怎麼體貼。這才是夫婦生活中使你得到最大樂趣的男人。看他處理這支鑰匙的方式，她知道她以後不會再為了常犯重複的錯誤而懊惱。永遠不會。

——二〇〇三年十一月，於聖卡布里爾

——選自師範短篇小說集「慧眼」，二〇〇四年八月文藝生活書房出版

腕帶

坐定在公共汽車上，才有暇摸摸擠縐了的衣服時，發覺右手腕的那條腕帶（badge）不見了，連忙俯身找尋，也不見蹤影。車開了，也帶走了僅餘的一點希望。

這自然使我非常懊惱的，因為這是一件紀念品。

一九四四年的夏天，我在接受了六個月的短期訓練以後，被派到平漢線郾城附近的一個小縣的鄉下擔任××混合突擊隊××小組的聯絡員。

在戰地，無論是雙方的官階與地位有多少懸殊，但總是每一個人都相處得融洽極了，因為這是一個同生共死的地方，沒有也是不容有任何隔膜存在。

我來這個地方是頗感興趣的。縱然說後方的環境如何苦，但這裡是另有天地的。在一間茅草蓋成的小屋子裡，住着近十人的這一個小組的首腦部。我們把飛機投擲給養用的紅綢降落傘的繩割掉，把它張在屋裡的頂上，把彈藥空箱堆在牆的四週，香煙空箱變成了寫字檯與行軍床，倒也在這窮鄉僻壤顯得「豪華」之至；吃的是沾光的B種口糧，抽着鴻運與吉士，嚼着口香糖。沒有事的時候，把卡平往裡床的地下一豎，枕着手就躺下來，聽着隔壁——應當說是隔布——的的答答的打字機聲，長短聲交響着吱——吱吱的電報機聲而漸漸入睡。

比較下來，戰場也有這種享受——當然指我們中國——實在是不多的。然而苦起來呢？苦起來也是一樣的。

那是為了應付日軍的一次掃蕩攻擊戰。我們在八月底的一個晚上接到情報員的報告，就連夜撤退到另一個鄉村的小鎮。自然是不會給日軍逮到的了，於是我們在那個鎮上找到了一間酒店就喝起來。

郾城區特產燒雞，一只燻好了的母雞只要八塊錢法幣，在賣雞漢搖曳的油燈光下，我跟另一位譯員與幾個突擊隊員八個人挑了六隻，要了一斤白乾。

店主用略帶陌生的眼光看我們同幾個異域的客人在喝酒，香煙也不斷地在抽。憑心而論，生活是枯燥無味，並且流動性大，生命也沒有保障。但是，如果不這樣，那麼大我的生命也就每天在鬼子的威脅之下，自己還是沒有保障的。在想通了這一點以後的戰地客，自然會在不知明天命運如何的現在，儘量的吃喝一點的。

「喂，再來半斤。」譯員老趙把手一揮叫道。他顯然有點愁緒，這聲叫，倒發洩了一點。

「你在講什麼？」十八歲的美國小伙子亨利抬頭問道：「這雞倒不錯。再來兩隻不好嗎？」

我們吃吃談談，各人都有點酒意了。

「有酒意」的原意是不壞的。這就是說，這是每個人都吐露自己的感慨與真心話的時候。

羅納德伍長拿出自己的煙盒，抽出一支點上火，眼睛看着煙盒，重重的噴出了一口說：

「七號。」

我注意到他的煙盒上有着五個「七」，四角都是小七，中間一個大七。

「七號。」我從他的手裡接過來看道：「什麼意思？」

「我不知道。」他搖搖頭道：「——大概是幸運的號碼吧。」神氣非常沒精打采。

我悄悄的遞還了他。沒敢再問，自管喝着酒，撕著燒雞吃起來。

羅納德伍長是一個看似孤獨，實在是非常熱情的廿四歲的青年。他是在一個孤兒院長大的美國小伙子。從加州大學畢業出來，跟一個佛羅里達的小姐結了婚，住在他自己的故鄉——那個孤兒院的所在地——內華達州的卡遜城。但是戰爭起了以後，他就被徵調訓練，派來中國，我在這裡認識了他。他常常喜歡在一個人的時候，拿出他新婚不久的太太的照片欣賞一番。有一次我闖進宿舍，看見他正對着她出神，我坐在床沿上脫鞋，順口問道：

「剛收到信嗎？女朋友的照片？我可以看看麼？」

「當然，」他遞給我：「是我的太太，我來的時候帶來的。」

「啊，你結婚了？」我這才知道。

他點點頭。半晌，又吐出了幾個字：

「結婚，戰爭。」他若有所悟的從床上坐起來道：「你還沒有結婚嗎？」

我也點點頭。「真漂亮，」我恭維了一句：「好運氣。」

「這也是她送給我的，」他掏出他的煙盒帶點高興而又感慨的神氣道：「來一支，這盒子一年多了。」

我伸手拿了一支點起來。

現在無疑的我又在無意中觸動了他的愁緒，我當然不敢再問。

聯絡過電訊，第二天送給養的飛機來了，大包的東西吊在紅傘上慢慢下垂，終於在距離我們二、三百米的地方着陸。我們在向天空的人揮手表示謝意以後，就飛快的奔向那個紅傘。

他們雖然天天盼望着家信，但總想不到在移轉陣地後的新地方第二天就會意外的接到家信。

但是誰又想到意外的接到家信，有人還要受意外的打擊呢？——他就是羅納德伍長。

信是這樣的。

親愛的詹姆士：

有兩個禮拜沒有接到你的信，你好嗎？

從你離開這裡以來，這一年多的時間真是不好過。幸好喬治還常來陪我玩，否則真是——

前天在母親那裡，聽一個陸軍部的官員說，戰爭恐怕一時很難結束。我問他還要多少時候，他先說不知道，後來說這要問日本人，他們什麼時候停止抵抗就什麼時候結束。天哪，自殺飛機，集體殉國，他們會自動停止抵抗嗎？

因此，詹姆士，我要求你，請你替我想一想。而且我們已經分開這麼久了，有足夠的理由讓我重行找適當的機會再結一次婚的。——而且，喬治這人我的確也很喜歡他，——假如我能從你那裡得到同意的話。……

蘿絲

羅納德沒加什麼考慮就回了她一封信。他說希望她憑這封信去向律師辦理離婚的手續。我跟羅納德是很談得來的異國朋友。當我得悉了他妻子的來信與他口述自己如何回信給蘿絲的時候，我善意的埋怨他不該如此。

「為什麼不讓她等等呢，」我幼稚的說：「你該向她表示你對她的愛意。」

他搖搖頭，笑了。

「你有過幾個女朋友？」他問我道：「兩個，還是以上？」

「有一個。」

「感情到了什麼樣的程度？」

「不壞了。」

「向她表示過愛？」

我搖搖頭。

「你看，」他抽上一口煙：「她同我結婚了，我怎麼不愛她？她怎麼不愛我？我怎麼沒有向她表示過愛？」

「但是，」他說：「時間與距離對一個年輕的女孩子是一種虐待。」

「××，」他叫我道：「我就是再說一百遍：『親愛的，我愛你，直到永遠』，又有什麼用？——這不是勉強的事情。」

我無法安慰他，沉默了。

「走，喝酒去，吃——」他忽然操着昨晚剛學會的兩個中國字說道：「燒雞。」

我跟他兩個人走到那一間小酒店，又像昨天一樣的喝了起來。

他習慣的把襯衣袖子向上面推了一下，右腕的那條badge露了出來。

說實在的，我第一次看見這種腕帶的時候，的確是不知道什麼用處，不過當它是一種裝飾品。因此我們在一起有四個多月，我也始終沒有問過他腕帶的用處。

他看了自己的腕帶好一會兒，也許發現了我在注視它，於是喝了一口白乾道：

「你們為什麼不帶這個？」他指指這個腕帶道。

「我不知道——這有什麼用？」我有點窘，直覺上我已知道這不是裝飾用的東西了：「我們國家窮，買不起。」

「喔，」他說：「在美國的軍隊，」他解下那塊東西，指着上面刻的字道：「如果陣亡了，屍體或者被燒焦了認不出來，而且戰地撤退時屍體也來不及搬回，那末，這上面有自己的名字，同伴可以把這個給帶回去。……」

我恍然大悟，接過來看看：「白金的？」我問。

「唔，」他沉默了一下說：「不容易燒溶。」

「你不會用着它的。」我暗示的安慰他，因為他是一個孤兒。

他看看我，很感激我這句含蓄的話。

「××，」他道：「你為什麼到這種地方來？——你不是有一個很好的家庭麼？父母，兄弟，姊妹……」

「如果我不來，」我笑笑道：「你們更犯不上來。——要自由，就要代價。也許我們做了爭取自由的代價，但是我們卻因付出了代價而得到自由。」

他不講話了。突然間握住我的手，使勁的搖幌着喊道：「喔，中國人！」從此以後我們相互間知道的很多，相互的瞭解也深。他是一個需要愛的年輕人，但是他深知獲得自由的重要。因此他雖然對於戰爭是憎惡的，可是他覺得在強權之前要達到自由之路，那麼戰爭是唯一的捷徑。

一九四四年的聖誕節後第三天，我們這一組奉命向平漢路南段的駐馬店作夜間突擊。他不幸遭了厄運。我在他的右腕上解下這條腕帶，寫了一封信給卡遜城的聖約瑟孤兒院。

親愛的馬基牧師：

這封信是遵從我的亡友詹姆士·羅納德的囑咐寫的，我很榮幸有機會在千里外用寫信來認識您。

我的亡友詹姆士·羅納德，是在今年的十二月廿八日晚上奉命突擊日軍陣地時陣亡的，地點是中國河南省駐馬店的火車站旁。

他曾經在生前告訴我，他說他在美國沒有任何的親戚。去年二月與蘿絲·嘉遜小姐結婚，是您主持的婚禮，今年八月他們以通信方式離婚（他說他都已經告訴過您），以後您是他唯一受尊敬的長者。

他遺留下來有一只腕帶，要我得到您的允許以後轉贈給我，因為我跟詹姆士是一個患難之交，我也很痛心失去這麼一個朋友。

希望得到您仁慈的答覆與允許，否則我在接到你的信後立刻把他的腕帶給你寄去。

你的虔誠的××

三個禮拜以後我接到這位牧師的來信，他答應了我的請求，並且說已在接信的第一個禮拜天為他祈禱，相信他已與主同在。

我比他幸運。一直到戰爭結束竟沒有死。之後，我帶着這條腕帶來了臺灣。

三、四年了，帶上的關鍵自然開始有點鬆動，但我沒有注意。憑心而論，每天帶在手上，倒也並不常常紀念着他。然而這次竟遺失了，我立刻想起他來：高個子，鬈頭髮，堅強有神的靈魂之窗，與臨死時的那種因痛楚而咬緊牙關的表情。

實在的我對遺失這條東西感覺到莫大的憾意，並且也對馬基牧師抱歉。如今，新的戰爭又起，我遺失了它，卻突然想起了白乾，燒雞，與駐馬店畔長眠異國的羅納德。

——一九五一年二月五日脫稿
——一九五一年二月十一日，台糖雜誌八卷五期副刊
——一九五三年四月列入「與我同在」短篇小說集，文藝生活出版公司出版
——一九五七年一月，新新文藝社再版
——選自師範短篇小說集「與我同在」新版，二〇〇四年八月文藝生活書房出版

約會

沉悶了好幾天，終於下起雨來了。

人們對這必然的結果都處之泰然。有的人預感特強，早把雨衣夾在手上；有的人根本無所謂：臺灣的天氣就是這個樣子，沒什麼稀奇。

公共汽車站旁這時擠滿了許多人。從那個賣票的小窗口拿到了一張小紙片以後，大家都退到走廊裏來，再伸長着脖子向左面張望着：看有沒有黃車身的車子過來，好早點跳上去。

田彬在人羣中間，比其他的人還要焦急。他真希望自己一到站就立刻過來一輛車子，坐上去以後就立刻開動，沿途不再停靠，一直到他要下來那個站才停下來。他要在約定的時間以前，趕到約定的地方，去看他心愛的德亞。他將會一下車就看見她佇立在對面的街角望着他，而使他三步併作兩步的奔過馬路去緊握她的手，好像遲一秒鐘就會失去她一樣的久久不放鬆開來。然後，他們將在互相期待的目光下，笑着向要走的地方走去。

他向自己笑了。這個姿色雖然平庸但內心卻無限善美的女孩子使他感到非常幸福。——說這句話也許太武斷一點。但憑他的判斷，當也不致於太錯誤。雖然他們中間從未見過面，但她曾暗示他是這樣的。因為有一次她的來信說：「還是不要見面吧，因為這樣你或許尚能保留一個美好的印象。如果見了面，你將會大失所望的。」這是在他們書面的認識不久以後，他寫信表示希望他們見見面得來的答覆。

事實上他們已經結識很久了。她是一個播音員，而他則是一個聽眾。每天下班回來，他總要扭開收音機，撥到這個廣播電台，來聽一段有生命力的交響曲或是其他的古典樂曲。他總是一邊解開領帶，一邊伸手去倒一杯茶，然後把身子扔在那張陳舊的沙發上。每次，他都會聽到她在樂曲的前面作一個內容的介紹。這使他感到不快。於是有一天，他終於把這些累積的厭煩，不耐而神經質似的寫了一封信給電台，要他們轉給這位播音小姐。他用着很諷刺而禮貌的語句向她說，如果是電台安排節目的人要她這樣做，那麼他實在替她可惜那麼好的嗓子用錯了地方；如果是她自己想出來的「為聽眾而服務」的花樣，那麼這個電台將因她的擅作主張而減少聽眾，她自己則多此一舉。他告訴她說，因為能欣賞音樂的人根本就不需要她那令人心煩的介紹，不懂的人在聽了一大堆術語以後還是不懂。他勸她取消這個「自以為是」。她的回信來了，出乎意外的是，她不但不像一個店員招徠顧客似的表示接受或考慮他的建議，或者謝謝他的批評，卻反而把他大罵一頓。她說他自己才「自以為是」，叫他不要以自己來忖度別人。她說她知道他的音樂修養很高（她從他的去信裡看得出來），但這種理由實在似是而非。因為音樂不是供少數有閒階級、士大夫階級、或是貴族階級們消遣的專利品。音樂的目的在陶冶人們的性情，提高人們的修養與人格，而「人們」卻包括着更多更廣的人民大眾。中下層階級在公（工）餘之暇，他們既也有權利來享受音樂，則他們必需先了解音樂，懂得此一樂曲之所指。她說想不到受過高等教育者如他，竟也有這種荒謬而自私的觀念，並且拿自己的優越感來衡量別人，她為國家寃枉的培植一嘆。她在信末簽了個名，並且用她漂亮的字跡毫不潦草地寫上了她在電台的所屬部分，說她願意接受他更有力的理由，如果他心有不甘的話。

起初他是很不樂意的。但仔細一想，實在是自己不好。因此他到底寄了第二封信，但不是抬槓，而是誠懇的接受她的搶白。這封信去了以後，她的來信也非常客氣起來，並且說請他指教，——他在信裡看出她的和顏悅色。「你是個很能服輸的人，是不是？如果這樣，倒跟我的個性極為相近。這可不容易，在這個世界上，許多人都明知自己的錯誤而不肯服輸呢！好，」她在信末加上一行說：「不打不相識，咱們拉拉手，講個和怎麼樣？」

就這樣，他們中間開始了通信上的認識。他向她開玩笑說，她的第一封信罵的雖然痛快，但她實在弄錯了。因為他不但不是一個貴族階級，或者傳統的所謂士大夫階級，更不是有閒階級，而不過是一個小公務員，在一個技術機構裏當一名助理工程師。他說他一天到晚忙得要命，只有晚上才是他自己的時間。有時機器開動了，他連晚上也沒有得空的，不像她一天到晚只有幾個鐘點的工作，舒服而愜意。下班了，丈夫（或男友）在門口等着，過着其樂無窮的生活。她沒有就這個問題討論下去，只問他閒來作何消遣？就聽聽收音機嗎？還是帶太太小孩出去逛逛大街，看看電影？他幽默的回答她說，他的孩子尚在天上向下界搜索誰才是他的母親呢！「不胡扯了，找些題目或問題來談談吧，」他說：「如果你對音樂有興趣的話，我們就從這裡談起。」他明知她愛好音樂。

漫長的筆談從此開始。從勃拉姆斯到美國現代音樂，從莎芙克里斯到奧涅爾，從伊里奧特到紅樓夢，從拉斐爾、米開朗琪羅、到畢加索，從電影到話劇，從宗教到人生哲理。……這是永遠談不完的。他說他應該找一個時間去看看她，同時也可以當面談談這些問題，可是白天自己辦公，晚上則她上班，很少有雙方都方便的時間。他間接的向她徵求意見說，他們能否見見面？他想這個只聞其聲，不見其人的女郎，究竟是個什麼樣的人？

他沒有能如願以償。雖然她心底很佩服這個男人對一切事物的見解，豐富的學識，但她在考慮了一下以後，終於婉拒了這一次太早的見面。她想她有一天或會與他見面的，但不要現在。「還是不要見面吧，因為這樣你或尚能保留一個美好的印象。如果見了面，你將大失所望的。」因此她才這樣回信給他。其實，他在寫這封信的時候，心情也是很複雜的。儘管王爾德「男女之間是沒有友情的」這句話被一般的人們譏笑，打擊，但事實是這樣：除非雙方都已厭倦愛情或者都是超人，否則不可否認地，男女之間將是互相具有吸引力的。在她，實在應有一個很好的男友（或丈夫）來配她。因為她有足夠的條件獲得一個好男人。在與這個未曾見面的他認識以前，她曾被那些有貌無才的，或是有財無才的男人們包圍着。他們越是靠得她近，也越使她感到討厭：她絕不重視一般少女虛榮的享受慾，所以對於有財而無才的人她無動于衷。她也不希罕那些油頭粉面的小伙子們，那種粗俗的對女人卑賤的奉承，只有使她更加卑視他們。她的見聞所及，以及教育與智慧告訴她，一個男人的外表是不足重視的。誠然，女孩子會喜歡一些帥氣的男孩子，但女人所要嫁給他的，或者說所需要他的，只有一個字：誠。其他都是不成問題的問題。但如果什麼都具備了，而缺乏了誠，則一切都成了問題。因此當她接到了他那第一封諷刺而有禮貌的信時，在覆信時她除了表明自己的看法以外，並且也有意試探一下：這個陌生的男人是否能幫助她？果然，她從他那裏知道了很多他的事情：他是一個致力於工作的技術人員，並且還是一個單身——跟一個有夫之婦結交，是一件不可思議的事情——她也從他那裏得到了更多的，她前所未知的東西：書本上的，以及無形的。她曾笑他說為什麼懂得這麼多，還不能得到上司女兒的青睞？他回信也諷刺的說，假如因為知道他這永遠趕公車的命，是太高攀了她，那麼請她不必再給他寫信了，不必那麼瞧不起人，人家也許瞧不起他，他倒也要看看別人是否也要配他看的起哩！「我？」她回信裏半真半假的說：「我倒願意見你哩，豈止寫信？」可是等他真的說要見她時，她卻又躊躇了。

這樣又過了很久。他們中間繼續寫着信。這種笑謔，率直，善意的埋怨與相互的發表見解，把他們造成像是一對多年的老朋友似的。他們永遠有新的事情要討論，也永遠討論不完。這個過於憨直的男人不再提起想見她的事了。他深恐這種寧靜的情誼將因自己的冒昧而失去。如果他再魯莽一次，他可能將再受一次難堪，甚至便失去這個久已圍繞着他底心靈的人，何況自尊心也是必須維持的。並且，也許正如她所說，這樣反而好一點。要是真的見面了，以後是不是再能這樣無拘無束，自由自在的寫信，說那些心底要說的話呢？但如果她因為外表平庸而有自卑感，那是大可不必。當然，他是一個不難看的男人，或者可以說他是一個相當帥氣的男人。但這對他不足驕傲。他要的是內在的美，這種美是遠勝於外表的。——說明白一點，一年多以來的書面認識，已使他愛上這個播音的她。他真想率直的告訴她說，他已愛上了她，不要以為自己的面貌平庸而拒絕與他見面。但這樣既俗氣又冒風險：萬一她翻臉呢？

這個矛盾在他心裡漸漸擴大。他又不能明言。難道永遠的不能見一次自己心愛的她嗎？但正在這時候，她給他來了一封信。她說最近電台要她去南部一個分台工作，幾天以後就要啟程。如果他願意，她希望在禮拜天看到他，他給了時間與地點。但她在附言上輕描淡寫地說：如果他沒有空就算了，她將在到南部以後給他寫信。

這是一年多以來他一直在希冀的事。別說禮拜天，就是平常，如有機會見到她的話，他也會設法去看她的。於是他立刻寫信給她，告訴了他的喜悅與必然的踐約。

今天，不，要不了一會兒他便會見着她了。

車子還沒有來。他是乘了另一路公共汽車到達這裡的，再等這一路的車子去。雖然時間還不晚，但他顯得有點焦躁不安，而不時的看着錶。錶上的針告訴他，離約會的時間還有二十分鐘，看樣子會剛剛趕上。於是他又暫時的安心了，輕輕的收斂了剛才想她種種時的笑容。

走廊裏的人越來越多。他真躭心他等一下擠不上去。原來排好的隊形亂了，每個人都是第一名，也都是最後一名。他一心只想着德亞，沒有注意別人的擠動，而隨遇而安的被擠到後面去了。等他感到腳底下有點什麼東西時，抬起頭他才發現自己踩着一個女孩子的腳。他本能地立刻向她道歉，並且看了看四週的人羣，用無言來解釋自己不是故意踩的。她點了點頭示意寬恕，並且順便掃了他一眼。

他原來沒有看她。即使是向她道歉，他實在也沒有存心看看任何人的臉龐；他不要看。二十分鐘以後，他要看到他一年多以來日夜縈念的她了，他何必要看其他的人？但現在，他卻不得不看她了，他的第六感感到別人在看他。於是，他也看了她一眼。

可是就這一眼，他已被她吸引住了。愛美是人的天性。她有着一對烏黑的大眼，高高的額角上輕覆著一些微亂的雲鬢。這個希臘古典式的鼻樑跟維納斯女神沒有兩樣，長長的睫毛對襯着她那張甜甜的小嘴。這是什麼？是上帝遺留在人間未返的天使，還是那個海倫的轉世？感謝雨天！它讓藝術品完整得白玉無瑕：淡綠色的雨衣披在她的身上要比披在別的任何一個其他女孩身上更合適，或者說這種淡綠色的雨衣如果披在任何別的女孩身上將糟蹋它的光彩。她穿了一雙平底的皮鞋，光着的小腿像是畫家設計的理想曲線的底稿一樣，使人迷惑於這種巧奪天工的傑作，——不，這原是上帝替她造的，單獨的賦予她的，又何必說是巧奪天工！

下意識使他盯視着她。她被看的有點不好意思而低下頭來了。啊！她剛才沒有低下頭。為什麼低下頭對她顯得那樣適稱？他現在才想起許多雕刻家為什麼都讓模特兒低頭的原因：這種恬靜的神采多美！他簡直有點心跳起來了。幾秒鐘以前，他還在掛念着他那心愛的德亞，但現在他被面前的美神佔有了。

還沒有想完，車子已經來了。人羣在向車門移動，他也跟着走過去。不守秩序的男女們雜亂地衝上車子，把他扔到後面去了。於是他等那羣人潮擠了上去以後，才跟在後面走了上去。天下有的是巧事。謙讓與禮貌也得好報：他上車時，竟還有僅有的一個位置在等着他。聽從直覺的指揮，他便毫不猶豫地轉身坐了下來。但等他坐定了抬起頭來時，那個女神卻正向他坐的地方走了過來。看樣子她將站定在他面前了，因為她的手已伸出來拉住那枝吊桿了。

他站了起來。即使不是一個男士對於女人應有這樣的禮貌，憑他那份抱歉踩了她的腳也該讓座。他向她擺了一個手勢，她在略為猶豫一下以後，就向他微笑了一下表示謝意而坐了下去。

她的臉正對着他。他可以看得更清楚更自然了。她的儀表，她的丰度，以及她拉拉雨衣的的領子呀，輕撩一下雲鬢呀，那些更令人喜歡的小動作，使他有一種迷亂的感覺，——雖然她並沒有挑逗他或誘惑他。

就在這時候，她手上的東西忽然滑跌了下來。「拍」的一聲，把他的眼睛帶向地下注視。他正彎身下去效勞時，他的眼睛接觸到那掉下來的東西時，他卻忽然給愣住了。

是一本聖經！哦！她也是一個基督徒！看樣子她剛從教堂裏做禮拜回來。對了：今天是禮拜天。他自己怎麼忘了去呢？那被德亞的來信所撩起的興奮與喜悅沖昏了他！他竟忘記了！而且今天又犯了罪：對着面前的她，雖然他的心裏沒有什麼塵垢，但作為一個基督徒來說，即使是這種天性的本能，人們有時候也不能依本性行事。既然是人，就該守人們已有的道德觀念。何況他馬上就要去見他心愛的德亞，就拿這份有罪嫌的心去看她嗎？

他立刻愧恨起來，拉住車上的吊桿，閉起眼睛，在心底禱告，請求上蒼赦免他那一時的邪思，——假如這是邪思的話。他在心裏懺悔，向德亞懺悔，也向面前的她懺悔：懺悔自己喜歡她的美色。——假如喜歡美就算犯罪的話。

他一直沒敢再睜開眼睛，怕魔鬼再鑽進他的心。車子一站一站過去，大概快要到他下來的那一站了，他才睜開眼來。但實在還沒有到，離他下車還有幾站。他想了一想，忽然想到為什麼不換個地方站站？於是，他轉過身去，背對着她站着，向馬路的這一邊看着。

好。這一下可好了！

魔鬼完全沒有了，他完全解脫了自己。他感到一陣從心底發出的舒適與安心。車子停了，他安心地讓人們先走，到最後他才慢吞吞跟着走下車來。

現在他什麼人都不需要注意了，上蒼已經完全回到他的心裏。他看看錶，正好是約會的時間，於是他抬起頭來，向對面的街角走去。德亞已在那裡等他了。她披了一件淡綠色的雨衣，手上正拿着那本使他重回淨界的聖經。

——一九五三年四月一日，自由中國半月刊八卷七期

——選自師範短篇小說集「慧眼」，二〇〇四年八月文藝生活書房出版

車上

「喀」的一聲，火車動了起來，他也立刻站起來。

「你不能下去了，」她連忙想設法拉住他：「坐一站再下去吧，這樣下去危險……」

「沒有關係，——我回去還有事，」他搶到車門口，縱身跳下去，在月臺上跑了幾步才停下來：「記住我的話，」他向在車內伸出頭來看着的她說：「好好去排演，過幾天我去看你的戲。——再見。」

她失望地點了點頭，向他擺擺手，把頭縮了回去。但是，她無法使自己的眼淚不掉下來。「記住我的話」。「記住」！豈但記住你的話，並且還永遠會記住你這個人。只有你才會忘記！說過幾天來看我的戲，那是小孩子才會相信。你什麼時候曾記得過什麼呢？

是的，她是這樣的喜歡他，但他卻沒有一點喜歡她的意思。她呆呆的注視着窗外，無心的看着飛馳過去的站臺、電線桿、田野、山川。現在他離她是越來越遠了。他這時該早已穿過天橋，過了出口，向回家——不，不知道他再會去什麼地方——的路上走去，他說他有事，但誰知道他到底有什麼事。他會再去別的地方，咖啡館、電影院、或者，正如他自己所說，在任何地方，另一個時間，另一個地點，再送另外一個女孩子。他會像送她一樣地，陪另一個她上車，談話，照顧着她，然後再堅決而有禮地，言出必行的依他自己的意志所決定的做去——回去，或者去做別的事麼？

但也正因為這樣，這種不解風情（他真的不解風情嗎？）的憨直，與溫婉而恬靜的情誼使她感到萬分的戀念。如果他不這樣，或者，他像一般男人那樣時時追逐着她，苦纏住他，她倒反而不會喜歡他的。她不知道他為什麼會這樣做。事業、前途、國家、民族、真是他的一切而比愛情更重要麼？還是自己的不值得他的愛？

列車在加速的向前飛馳著。車輪在鋼軌上滾過，發出有節奏的巨大的聲響。過橋了，隆隆的震撼使她的神經幾乎崩裂而迷混。這跟十年以前，當她還是一個十一、二歲的小孩子的時候，那種隆隆的聲音並無兩樣。這種聲音替她帶來了幸福；她在那時認識了他。那一次重慶大轟炸使他們從不同的地方跑來擠到一個防空洞裡。也許音樂跟他的生命同樣重要？他跑警報手裡還拿着一把小提琴。這大轟炸繼續了很久，等警報解除而走出防空洞時，雖然她並未與他交談，但他那種無形的氣質卻使她的小心靈裡偷偷地藏上了這個陌生的小伙子，這個印象使她難忘。但是，小孩子愛上一個已經成年或是將近成年的人是一個笑話。她不願給人笑話，所以，她只有偷偷地藏在心裡，跟着父母回家。

火車過了橋，在一個小站上停了下來，這個小車站的建築真有點像重慶自己家旁邊的那個長途車站的建築。在清早上學，或者下午放學以後，她總是常常跟鄰居的同學在這車站玩耍的。那些來往匆匆的旅客們，滿身的塵土真有點滑稽相。但是再也沒有比這更偶然的了。當她因為沒有機會再見他而不得不漸漸褪去他的影子時，那一天早上他卻提着那把小提琴到車站來了！他要到什麼地方去呢？像是記起什麼似的想了一想，向着她注視他的眼睛笑了一笑。是的，已經很久了，他不曾記得她的，因為他一開始也沒有注意她。然後她看見他擠上了去江津的車子。他趕得快，居然在窗口搶着一個坐位。他沒有再看車外。但是天保佑！不知怎麼的他手上的那個小旅行包掉到窗子外面來了。他在裡面既擠不出，只有乾着急。這給了她以機會。看看沒有人給他檢，她高興極了。於是她心跳着走過去檢了起來給他送上去。她一直要多看看他的臉，但現在她幾乎連抬起頭的氣力都沒有。「謝謝你，」他說：「小妹妹，謝謝。」他的聲音清脆而低沉，她嗅到了他那濃烈的感激，頓了一下，他又說：「小妹妹，我像是在什麼地方見過你。」她的心更跳了。但是她的回答只是笨拙地搖了搖頭。其實她要說，他是見過她的。那是躲警報呀，他們曾擠在一起！她很想問問他：「你到哪裡去？你的家在哪裡？你什麼時候回來？」喔，最要緊的還是這最後一句。如果他不回來了，那麼一切從何談起！但是她終於沒有問：她沒有這個勇氣。眼看着車子開出去，她看着他向她揮手，再度的表示謝意以後，他就轉身了過去。他是不會知道有一個不夠談愛情年齡的女孩子為他而偷偷地滾下淚珠的。

以後她每天總要去車站玩玩。現在玩玩是附帶的了，要尋找他才是主要的。每天每天她看着從江津來到的客車，仔細的看着每一個下車的旅客，看看有沒有他在內。一次接一次的失望使她傷心。每一次去，她明知不會看見他的，但她每一次都去搜索。她希望，並且相信他總有一天要回來的。

所以現在面前這個同樣的建築特別使她留戀，那是因為這個車站給了她以幸福；他終於在她的盼望下回來了。他仍是那個樣子，不過身上換了一件白襯衣，一條黃卡其布的長褲；小學裡都已放了暑假；這是夏天了呢！對了，他去的時候是寒假剛過，現在卻是暑假的開始。他一定還是一個學生。他仍舊是拿了他的提琴，另一只手上，是一個小手提箱。現在他看見她了，這個天真，可愛的故鄉的小女孩兒使他笑了。「小妹妹，」他放下箱子，從口袋裡摸出一把糖來給她：「給你。」他向她笑着，然後重又提起他的箱子向前走去。這使她興奮得幾乎窒息了。日夜縈念的人竟真的在她的前面向她講話了。她不知所措了。她機械的，幾乎顫抖的把糖接了過來，捏緊在手心裡。「謝謝你，」她漲紅着臉說。其實他要是挨近她，他準會聽見她慌亂地亂跳着的心臟！但是她不願再失去機會，而慢慢的跟着他走着。「你放暑假回來嗎？」她鼓足勇氣仰起頭問他：「你在什麼地方唸書？」

他驚奇於她那準確的猜測，喜悅於她的聰明可愛，而一邊走一邊告訴了她想知道的一切。他是個大學生，在音樂系器樂組學小提琴。她也告訴了他，她是一個快畢業的小學生。但他不以為意，竟和藹而愉快地跟他的小朋友談起來了。「跟我來，我的家就在前面。」他用嘴向前面呶了一呶向她說：「來嗎？」到他家裡去？為什麼不？果然，沒有走多久就到了他的家。她還在仔細的記憶路徑呢，其實，這是不必要的。他就住在這附近！她傻憨地跟他進去，以一個小孩子的身分見了他的父母，上樓，在他的一個小書房裡坐了下來。他走過去推開窗戶，指給她看，從這裡可以瀏覽這個小城的一切。然後他叫她吃糖，自己去洗臉。她走近窗去，一個重大的發現卻使她驚喜：這個窗戶正對着不遠處自己家的房子，她可以從這裡看見自己家裡小天井裡的一切！……

車又開動了。從這個小站上來的旅客不多也不少，一些人嘈雜地走過以後，從車廂的那一端走過來一個青年。他的手裡攙着一個小女孩子，在她的面前坐了下來。這跟她當年有什麼兩樣呢？從那次認識以後，她愛他的氣質與風度，他也不討厭她的天真活潑，一個暑假，他儘有時間來順從這個可愛的小妹妹。像面前的這個小女孩一樣，她也曾被他攙着她的小手，在大街上逛着。她的手上感到溫暖與熱力，她的心裡感到幸福，看那個小女孩子！她的手現在支在車窗上，撐着下顎就像她自己當年在晚上把手支在家裡的窗戶上撐着下顎，向着遠方的樓房，偷偷地聽他練琴一樣。雖然小孩子還不懂什麼音樂，但他的琴聲使她沉醉。有時候，他也會轉一個身，把樂譜架推到窗口來練。這樣，她可以清楚地看見他了。他的下顎緊挾住琴身，一只手拉滿了弓，上下有力地移動着，另一只手的手指敏捷的在絃上顫動，使那一個個清晰而迷人的音符也顫動了她的靈魂。但是，他卻不知道遠處的那個小小的她在為他沉醉，也不知道這日精又精的藝術使一個女孩子的靈魂更痛苦而又不能向他說明。兩個月過去得真快，終於有一天他又走了，要不是她常去車站玩，她簡直不曉得他是什麼時候走的。那天早上。她在車站又遇見了她，「啊，你這麼早來幹什麼？快回家去吧，」他已看見她了，於是他隨便地跟她說：「我要走啦。」「你寒假就要回來的。」雖然這對她是一個晴天霹靂，但這是留不住的。同時。幾個月以後又可以看見他的，她應當裝作快樂一點。「不，暫時不回來啦。——喔」，他看到了她那因驚異而睜大着的眼睛笑着說：「要去打日本人，打勝了才回來。」她是一個小孩子，他有他的事業責任與前途，他自然不必在事先告訴一個小孩子，以後也用不着告訴她關於他的消息的。

可是打勝了他也沒有回來。如果說原先的諾言是前面這一站，那麼事實的答覆就是那天邊無際，永無窮盡。這一枝電線桿是一天，飛過來的那枝是一個月，遠處移近過來的那枝就是一年。他經過了一次戰爭，接上來又是另一次。別說沒有空，就是有時間，他也不會想到她的：這個鄰居的小女孩子，什麼也不懂，對他生命的內容不能增加點什麼，他用不着想到她。但她卻是想着他的。同時事實上她現在已不是小孩子了。如果不是新的戰爭使她家破人亡，她絕不放棄她那大學裡的座位，而倉惶的到這裡來當一名女隊員的。時代給了她以教訓，那個被踐踏的諾言已讓時間來逼使她不得不放棄。但正當她暗笑自己的愚笨時，在這個陌生的地方卻又讓她看見他了。

那是上一個禮拜的事。她們常常為部隊演戲，假日則到臺北來玩玩。在鄉下，對臺北的一切總是隔膜一點。即使是看報紙，也沒有臺北那樣方便。因此那一天她到了臺北，才知道中山堂有個音樂演奏會。別說很少舉行音樂演奏會，就是有也沒有這樣巧。時間就剛剛好，她跟同伴們便也不管什麼節目，就趕了進去。等節目一個個過去，到了一個小提琴手出現時，台下一陣熱烈的掌聲要她抬起頭來向臺上看去，而使她不得不在看見了以後立刻向節目單上找尋演奏者的名字，這突然的再見使她心跳得幾乎暈厥了過去。他已多了一副眼鏡，微微有一點鬍子，但這正是觀眾們用熱烈鼓掌來歡迎他的標記。這種巧遇使她重又恢復對他的希望，並且一下子就原諒了他那不在意的輕易承諾的過失。她在考慮了一下以後終於想出了一個不露破綻的辦法來約他見面一次。她給他寫了一封信，說是她知道一點家鄉的消息，如果他是那個地方的他而願意知道，她可以告訴他。她給了他下禮拜的時間與地點，一個有名的藝術家是很忙的，一個真正愛他的人當更會體諒他時間的不夠分配，還是她到臺北來吧。

這是一個很尷尬的場面，正如對面這位陌生的旅客不時的用好奇的目光打量她一樣。到時候他來了，她到底見了他。但他開始時沒有說什麼話，只是惘然地看着她。而她呢，既不懂得寒喧，事實上除了不被人知的愛心以外也沒有什麼話可以說。「在家鄉，您住什麼地方？現在的情形怎麼樣？什麼時候出來的？知道我家裡的情形？我的父母……」然後，當他向她請教了姓名，介紹了自己以後，他就一連串的向她提出了這些詢問。這些詢問是合理而正常的，如果說她這封信給了她以約會，那麼這正是他所以踐約的理由，但是她卻尷尬了。要說來告訴他家鄉的情形，那是笑話：出來這麼久了，自己連家怎麼樣了還不曉得呢，何況別人！不過她到底比他晚離開故鄉，對於故鄉的消息，比他是知道得多一點的。於是她告訴他她在離開前的故鄉情形，並且反問他是否有更新的消息。「沒有，」他搖搖頭自言自語的說：「時代與環境不容許忠孝兩全。」他既沒有和這個陌生的同鄉解釋這句話，或者說一說他離開故鄉後為國流血，受傷痊癒，然後在一個友人的幫助下出國深造，再回到這裡來以藝術報國的情形，——這不必告訴一個陌生的人——她自然也不會問。以往那些對她的喜歡，只是一種對兒童的順從與逗嬉，沒有理由全存在於他的記憶之中。

「你的臉很熟，」沉默了半晌，他忽然說：「我們在什麼地方見過嗎？」見過？當然！豈但見過，並且還有一段不算太短的日子曾經相處在一起。「這句話你不應該說的，」她心裡想：「你真是已經忘記了。」於是她決定不告訴他，他們曾在何處見過：這是不必要的了。因此她勉強笑了一笑，輕輕的搖了搖頭。但正當她要放棄這個夢想，結束這次傻傻的舉動，而預備站起來走的時候，他的話卻多起來了。「我弄錯了，」他抱歉而誠懇的說：「我常把真正認識我的人弄得不認識，不認識的人卻看成似曾相識。——你們有這種情形嗎？」頓了一頓，他微笑着摸了一下頭髮看着她：「喔，不說這些無聊的閒話。」他說：

「你生活得慣嗎？臺灣氣候可不比內地。都玩過那些地方？家裡有些什麼人在這裡？」他找了很多關於她的身邊瑣事，開始同她談起來。她自然不能立刻走了。他那一見如故（他對她是陌生的）的談吐使她重新燃起希望，而不願立刻離開了。她一一的回答了他，他又問她許多別的事情。這樣，那樣，他的聲音跟那時候一樣清脆，而比那時候更深沉而有力了。為什麼火車輪子那樣的吵着呢？這使她心煩。她不喜歡聽這種聲音，她願永遠沉醉在他的聲音裡。她的臉開朗了，她也漸漸的活潑起來。這個環境與社會使她已經把這種真正的活潑埋葬了多年，如今才重新發掘出來。她告訴他說，現在在什麼地方服務，擔任什麼工作。「這兩天在排一個戲，過幾天就要演出，我也充個數，」她謙抑著，故意輕描淡寫地：「你如有空，歡迎你來指教。」「一定，」他微微笑着回答她說：「有空一定來。」「我到車站來接你，你幾點鐘的車子來？」他的回答給她希望，於是她裝着笑要他確定他的話：「我們的戲那有資格請到你們來賞光啊！」「不要這樣說——你怎麼不明白我們大家現在的生活環境？」他放下了笑容正色的說：「除了規定的時間練琴以外，我不知道我能在什麼時間有空。——義演，勞軍，這是我們義不容辭的責任。現在剛好沒有事，你假如約我在別的時間，我就只好聽不到家鄉的消息了。——所以你用不着來接，我有空一定會去的。」他恢復了笑容了起來：「你剛才說臺北還不熟，走，我帶你去逛逛。」她有點失望，但她仍充滿希冀，於是她站了起來。

他們在街上走着，談着。他不時的與路上一些人們招呼握手言歡，或者接受一些軍人、學生，以及其他職業的年輕人的崇敬。現在反過來了，她跟他談身邊瑣事，但他卻向她談國家民族事業前途，不過仍不時的回答她的話。

這樣他們消磨了大約有一個鐘點。他看了看手錶問她還要去什麼地方嗎？他沒有告訴她說等一下他就要走了，因為一小時以後他有點事。「我要回去了，」她趕緊見風轉舵的說：「我隊上還有事。」「那麼——」他本來想說：「那麼我們再會吧，」但他看到了她希望的眼睛。於是他說：「我送你上車。」他抱歉地說：「否則我還能陪你多玩玩，可惜等一下我還有點事。」他沒有跟她說等一下一個室內演奏會裡有他一個節目：這用不到跟她說的，她不必知道。

他買了月臺票，跟她進了車站，陪她上車。她似乎有很多話要說，但她沒有能在有關的這方面說出一句。時間一秒一秒走向別離，她只能裝着笑，漫應着他的侃侃而談。其實她哪有心思聽這些，她要聽的是他那共鳴的心聲。然而他沒有。他似是越來越了解她，覺得越能影響她了。「我曾經見過多少個女孩子，他們都不大懂得自己的生命。在我們這個年齡，正是把握住自己奠定基礎的時候，但是他們都想不到。——只有沒有前途與生命內容的人，才永遠鑽情感的小圈子。」他握着她的手坦然的說：「所以你今天高興的來，高興的去，老實說，我比你更高興。」

她被這幾句話所刺傷了。高興！怎麼知道她一定高興呢？這笑話不是武斷，而是故意。沒有人能說這幾句話錯。她以後或能接受的，而不是現在。當她正想不顧別人的笑話說出心事的時候，他卻以一個已成知己的地位來跟她說這些話了。她曾幾次想把他們曾經相識的事告訴他，希望由此而對她的希冀有所幫助。但幾次都到了嘴邊仍舊嚥了進去。現在看起來還是不說出來的好。因為這些可笑的往事已經不能幫助她了。

她還能說什麼呢？別說她不能，就是能，時間也已不容許了：開車的放氣聲已經響了。他站了起來，從她眼睛的模糊裡消失了。但列車在動了一下以後停了下來。什麼原因呢？她奇怪的向窗外看去，向月臺上搜索，想乘這個機會再看他一眼。可是沒有他的蹤影。她發覺月台已變了。於是她拿出手帕來擦一下自己的眼睛，她才看清楚她已回到了中壢，而離那曾經相見的地方，已經很遠了。

——一九五三年八月十五日，文壇月刊第八期

——選自師範短篇小說集「慧眼」，二〇〇四年八月文藝生活書房出版

颱風

走出辦公室，陳岱心裏覺得有點好笑。廠裏的佈告說，氣象局的通報，極為強烈的颱風將在午後七點鐘在本港登陸，所以提早下班，以便每一個同仁能有充分的時間準備它的光臨。其實氣象的預測總是像開玩笑，要下雨說是會晴，預測晴天又總是下大雨。

走回宿舍，他脫去外衣，伸一個懶腰，把身子往那張硬板單人床上躺下去。中午沒有睡好午覺，現在正好補足。於是，幾分鐘以後他便睡着了。等他醒來的時候，服務生早已給他開了燈，而晚飯也已經整齊的放在對面飯廳裏了。在他吃飯的時候，窗櫺的抖動聲使他感到真是有點兒颱風的意思了，細細的雨也一陣一陣的拍在玻璃上面發出不規則的節奏。看看錶，才發現自己已經睡了三個多鐘點，現在已經是七點鐘了。

在平常，他總是在吃完晚飯以後出去遛一圈，散散步。然後回來看看書，或者偶然也找同事聊聊天。有時候，也去看看電影。當然，這是說最近。如果說以前，那時候他正在談戀愛，晚飯後的時間更容易支配些。但自從他那次自以為沒有問題的戀愛忽然有了問題，突然的無疾而終以後，他就這樣的消磨他的每一個夜晚。開始時，他因過度的悲傷而顯得有點神經質，但現在他已慢慢的好了。不過他仍不時的想起這段使他傷心的事，因為他始終找不到她為何離他而去的原因；他自己覺得沒有待錯她。

可是今天，他不能按照慣例出去了。不能出去散散步，不願冒着風去看電影，更不願下着雨去同事的家聊天。除了下雨的理由以外，因為有家的同事都有一個至少是不壞的家，他們都有着相似的幸福，而他卻是一個不幸的光棍，又何必去自討沒趣呢？但風雨不但阻止他外出，而且又帶給他以寂寞。寂寞怎麼排遣呢？於是他想到了抽屜裏的撲克牌。

洗過臉，找服務生泡了一杯茶，再點上一枝煙。把撲克牌拿出來通五關。一次不通，兩次不通，好幾次都不通。也許是命運不佳？得，就來算算命。第一張出來的是紅心，一點也不錯，小時候父母可寵愛着他。第二張是寶石，那是家裏的錢，送他進學校，替他買衣服。第三張是梅花，對了，十五歲那年曾經害了一場大病，幾乎送命。第四張又是梅花，也沒錯，這十年裏戰爭使自己家破人亡，「富貴榮華，一霎都成灰燼」，連求學也是靠自己半工半讀地，在萬分艱苦的環境下完成的。第五張又是紅心，這，可有點兒不十分對。不過，也可以說是對的。直到今天回憶起來，這段愛情生活還是值得留戀的。這是他第一次戀愛，但也可能是他最後一次戀愛了。重重的打擊使他對愛情起了懷疑，甚至懷疑世界上是否有真正的情感存在。但儘管她離開了他，他卻仍不能忘記她。他或者不值得她愛，但是他卻愛她。難道還可能重圓舊夢嗎？——這也並不是完全不可能。縱然她現在已結了婚，但如果她仍愛他的話，總有一天她會回到他的懷抱裏來的。那麼，從牌上看看以後是否還有希望？

抽下去，是一張黑桃六。完了，事業是建築在一個完善的心境與情感上的。連愛情都沒有，那還有什麼事業前途？這預測不對。

他一邊想，一邊去牌堆裏查那張紅心六，他是希望那張紅心六出現的。出乎意外地，他發現紅心六就在紅心五的下面。剛才抽着紅心五時他只計算着這與他的過去是否符合，而忘了眼前。這可使他躊躇了：是該拿紅心六呢，還是按三張三張抽下去拿黑桃六，似乎二者都可以。問題是在他希望是哪一張，而命運卻應按照上帝的安排，不可自以為是。

想了半天，他不敢決定拿哪一張。他心裏煩惱，連希望竟也是可望而不可即。他不願再想這不可即的希望。於是他丟下手裏的牌，隨手拿起一本小說來看。但小說也似乎在故意跟他為難。書裏的女主角也跟他們當時一樣的跟男主角戀愛了，過着詩樣的情感生活。到後來，女主角為了愛他的男友而犧牲了自己。這使他重又勾起對她的懷念。難道他們中間就這樣的完了嗎？她難道也是為了愛他而跟另一個他結婚的嗎？「不對，」他對自己說：「不過，到底是怎麼回事呢，我現在要問的是：她現在以及以後，是否仍會再愛我呢？」

小說沒有能平靜他的思維，反而使他的心潮更洶湧了。他開始回味她過去對他的一切。於是他的腦再指揮他丟下小說，另外拉開抽屜來翻出她送給他的，以及他們兩人合照的那些照片。這些照片就是他們中間從開始到完結——不，也許並沒有完——的記錄。這張是在廠的大門口拍的，他就是在這裡認識她的。三年以前，當他剛來這個工廠擔任助理工程師不久，她也從一個商業職業學校裏分發到這個廠裏的會計課來工作。禮拜天，廠裏同仁集團旅行，他們都在廠門口等車，彼此問起了才認識的。然後，在故意與偶然的雙重原因下，他與她有不止一次的見面機會。他們熟識了，並且相愛了起來。也許她一開始就沒有愛上他，但他卻是愛上她了。這些合照的照片，就是他們利用每一個空間與時間去談情說愛的紀念品，可是曾幾何時，他遭到了厄運。像這一張三個人合照的照片，就是使他倆不能到一起去的分歧點。直到現在，他看到這張照片就恨。這中間的第三者就是她現在的丈夫，而還是他自己介紹給她認識的，想不到善意的開始卻變成了自己與她中間惡劣的結束，——如果現在已經算結束的話。他實在想不透這件事。自己也許是有缺點的，但他實在找不出她現在的丈夫有什麼優點：一個不知上進，成天在追女人，想辦法貪污，獐頭鼠目，滿身俗氣的男人。

他血液流動的速度增加了起來。一種不能挽回（看樣子是不能挽回的了）的遺憾，一種永恆的憤恨，在這狂風暴雨的晚上燃燒得使他的心田在發跳，神經不安。抬起頭來，他發現已是十二點半。於是他恨恨地把那些照片往抽屜裏用勁摜下去，然後熄了燈，脫衣上床。

但是他不能睡着。他曾試着想使自己的思潮靜止下來，甚至用了小時候數綿羊的辦法，但他都失敗了，如同他曾用盡千方百計想使自己與她不致分手而終於失敗一樣。並且，颱風這次竟真的到了，窗櫺上打着一陣陣劇烈的暴雨，離宿舍不遠處的電線桿也被風刮得發出慘厲的呼號。突然一陣狂風，屋頂開始發抖，瓦片嘩啦啦地直往下滾。這使他的心情更紊亂了。她，她會不會在這時也想到她呢？

在黑暗裏，窗櫺上又一陣響了起來，玻璃在輕輕的抖動。過了一會兒，又是一陣抖動。他心裏也愈來愈煩。於是他嘆了一口氣，轉過身來向着外床。但幾秒鐘後，那窗戶又抖動起來，似乎有人在輕輕的叫他的名字。這到使他有點害怕起來了。難道是世界的末日到了嗎，使者來召喚他回去？於是他屏息靜氣地仔細聽着。果然一忽兒，窗戶又響了，他又一次聽到有人叫他的名字，而且即使在那樣狂風暴雨的晚上，他聽得出這個熟悉的聲音是誰。天！她是在想他！她仍是愛他的！她會在他想着她的時候起了心靈的共鳴，知道他在捱受靈魂的寂寞而趕來奉獻給他。他急忙下床去窗邊看看，證實了自己的想法不錯。

「啊！什麼事？」推開窗子，他止不住自己內心的喜悅，故意用驚奇的語氣暗示給她：他是想不到她會在這樣大的風雨之夜到他這裏來的。而掩飾了自己即將泛濫的情潮，若無其事的向她說：「快到裡面來，」他用嘴呶了呶他的房門，然後用力把窗關上。

他急忙去開門。他想門一開，她就會撞進他的懷裏，而他也將緊緊的擁抱住她。然後，他將用自己的手替她擦乾頭髮上的雨點，用唇去吻乾她臉上的水珠。於是門開了，他等着她撞進來。但是她沒有。她在門口站住了。是雙方離開得太久，還是她的身上沾滿了水而不願使他也沾濕了衣服？這沒有關係，何必顧慮這些！「怎麼不進來？」於是他向她說，然後他走前去想擁抱她。

「喔，」她向後退了一步：「太晚了，打擾了你……」她那後退的舉動與出乎意料的客氣的言詞使他停止前進。

「不要緊。」他頓了一頓：「那麼……」他想問她：那麼有什麼事。

「慶新肚子痛，大概是盲腸炎，」她看着他：「司機請假了，只好來麻煩你，開趟車子送他去醫院。」

慶新就是他所恨的那個男人。他真恨不得他死。她是為自己的丈夫而來，怪不得她不會再投入他的懷抱，怪不得她在半夜三更來找他！於是他有點不願意，下意識地沒有回答。

「岱，求求你，」她幾乎是向他懇求：「這樣晚我再去找誰幫我？」他知道，她的意思是說，在這裏除了司機和他能開車子以外，這個小廠裏沒有第三個人能開。她的丈夫能開，但技術不佳，並且現在也不能開。

「我去總務科把鑰匙借來了，」她從黑暗裏伸手過來遞給他。但他依舊沒有講話。她有點恐懼起來，「喔，岱，」她握着他的手：「這是我的錯。他不及你的萬分之一。但已經這樣了，」她捏了他一下：「你總得看在我的面上救救他！」

他看着她，腦海裏更紊亂起來。他聽憑她捏着他的手。沒有再講話，把鑰匙接了過來。然後，他撥開她的手，讓她在門口等着，因為他剛從被窩裏爬起來，身上還只是睡衣。

穿好衣服，他跟她出來。風雨越來越大，她的手忽然自動的抱緊了他的臂膀，踏着雨水一步步走向前去。他感到她的腳步不大靈活是因為隆起的腹部，這使他起了一陣說不出的厭惡。他記得半年以前有一天晚上，也是下着濛濛細雨，他倆也曾漫步在這一條廠道上，那時候她曾說，她喜歡與他小雨裏遛躂，然後她讓他吻她。今天，他的身旁雖然仍舊是她，但她早已忘了這段生活。她已做了五個月別人的妻子了。不過這不要緊。她剛才不是說他不及他的萬分之一，是她錯了麼？男人對於一切的忘恩負義，都能從她們一句輕易的承諾以及一個友善的小動作來原諒她們。過去的已經過去了，一切都可以從新開始，他曾聽見人家說，女人像栗子，要經過火煉，才會又香又甜。他開始感到臂上的熱力，他已重新有了比以前更好的她。於是他把自己的手放在她的手上。但她卻又輕輕的掙脫了，連原先拉住他臂膀的手也放開了。

他感到十分迷惘，有一種說不出的滋味盪漾在心頭：這也不是，那也不是，她到底會怎樣對待他呢？車庫到了，他坐上去把它開出來，往她的家開去。她坐在他的旁邊，使他的心神不寧。她使他復燃了情感，帶給他以慾望，不時的溜過眼珠去看她，但她卻一眼也沒有看他。相反的他要注意前途，而她卻在悠閒欣賞這輛現代化的交通工具。「我要是也有一輛車子多好，」她撫摸着那架車上的收音機，輕輕地向他說：「你說是嗎？」他的心再度的冷了下來。他沒有回答她，只是笑了笑。他覺得有點奇怪。丈夫得了盲腸炎，而她卻在想有一輛車子。

到了她的家，他倆下車走進去。那個他所痛恨的男人正掩住肚子在像殺豬似地大叫。他一面幫忙扶他上車，一面問他肚子痛的部位與情形，常識告訴他大概真是盲腸炎，於是他告訴他只要開刀就行了。但他聽說開刀就抖起來了，趕緊問陳岱是不是可以不開刀，而可以用一些內服藥吃？他安慰他說可以的，問大夫決定好了。可是心裏卻覺得好笑。僅僅是一點病就使他害怕而抖成這樣，假如說這時只要他把妻子送給別人病就會好，那他也定會馬上應允的。同時他的常識也夠可憐：應該開刀的病怎麼能以服藥的方法來代替！

病人進了後座，他就回到駕駛座上來。他聽見後面關車門的聲音，估計她也已經進了後座，於是他一面吩咐她留心照料病人，一面開始發動。但他沒有聽到她的聲音。他正感到有點奇怪而回頭去看的時候，她卻已經拉開駕駛座右面的那個門鑽了進來，同時她不好意思抱怨丈夫的病而恨恨的抱怨倒霉的風雨，使她剛才滑了一跤而刮破了她那漂亮的玻璃絲襪。她向旁邊的他借手帕來擦手上的污泥。然後，她把手帕還他。並且她知道在這麼黑的夜裏，有車背擋著，她的丈夫決不會看見她的舉動而在他的手上捏了一下，同時，他感到她在黑暗中看着他。

但現在他心情已不像十分鐘以前的那樣慌亂了。他重又想起了剛才她撫摸着那架車中收音機時說出的願望，以及她的丈夫那怕死的懦弱與愚笨。他把這幾件事聯起來看。他發現她與她的丈夫實在是很相稱的一對，他沒有理由感到遺憾。他覺得她剛才說她錯了的話是不公平的：她沒有錯，錯的是他自己。他忽然想到了那副牌。他記起來了，按照規矩，應該是三張三張的去抽出那張黑桃，而不應是那張似是而非的紅心。於是，他裝作沒有感到她手指的暗示，而默默的把接手帕的手縮了回來。然後，他開了遠燈，鬆開剎車，換上牌擋開了出去。

風越來越大，雨點密集的打在車窗上。他伸手去鬆開雨刮，加足油向前飛駛。他覺得這一次風是大一點，但有一次大颱風也好，因為這才好把他的心情吹得開朗起來。

——一九五四年一月，文藝月報創刊號

——選自師範短篇小說集「慧眼」，二〇〇四年八月文藝生活書房出版

窗外

還沒有到七點鐘，劉素芬就已經到了那個山腳下的草地上了。她希望葉振強能夠早點來，這樣，他們可以多消磨一點時候，或者就在今天談些以後的打算也說不定。因為明天一早，她便要離開這裏，所以今天是她在這個小鎮的最後一天，至少暫時她與他是要分別了。

這次行期的決定非常匆促。在事前，她簡直毫無準備。她曾經托朋友們找事，但一直沒有下文，這些時日以來，她已知道找事的困難，也已知道人們幫忙的限度。因此從離家出走以後，她也就一直在這裏的一個知己的老同學家裏呆着，並且已經不知不覺的過了八個月。現在，正當她被新的希望所束縛，而幾乎忘了托人家求職的時候，外縣朋友的信來了，告訴她說已經替她找到一份小學教員的差使，並且叫她要在明天以前趕到，因為找事不容易，僅僅這個差使也有很多人在等着，如果來晚了，那就要給別人搶去了。

對於劉素芬，這封信來得有點不時候。如果早兩天來，她便會毫無牽掛地立刻收拾行裝前去，但這封信偏偏到今天才收到。因為就在這兩天之間，在她個人的生命意義裏有着莫大的變化，那就是她再度的墜入情網了。

說起來這件事有點不平凡，但也不算太偶然。自從她離家出走到這裏以後，她整日整月的在她同學的家裏，不出大門一步。剛過去的那些事情使她萬念俱灰。她的心已經碎裂成片片憂鬱，每天每天，她只是坐在她同學的那張桌子旁呆呆的發楞，幾小時幾小時的過去，連打開一下面前玻璃窗戶的心緒都沒有。她不想見任何人，雖然也沒有人來看她。

這情形持續了很久。她的同學感到有點害怕起來。她不知道她在幹些什麼，或者在想些什麼。但她知道她一定傷心透了。於是，她試着拉她出去散散步，但她不去。她勸她忘了以前的一切，想替她再介紹男友，她卻用冷笑來謝絕她的好意。她那好心的同學沒有辦法了，嘆息着離開她去上班。臨走的時候，她替她打開窗戶。因為她相信她只是無心打開它，並不是非要把窗戶關起來不可。

她開始接觸窗外的一切，陽光披在每一棟房子身上，小雀們在吱吱喳喳的飛來跳去，叫着，戲謔着在爭吵。前面那份住家的院子裏種着幾顆香蕉樹，現在它的大葉被太陽浸成了金色，看起來眩眼而又舒服。在那下面，兩個小孩子大概正在挖蚯蚓，因為他們的另一只手在拿着釣桿。有一點風，隔壁晒的白被單正在輕輕地鼓掌歡迎：這是何等恬適而充蘊着潛在動力的畫面呀！這使關在窗裏的人恍然大悟起來：春天早已來臨，如果再不推開窗戶的話，整個生命的春天都將悄悄地逃走了！

她貪婪地享受這被拒在窗外很久的季節的歡樂，坐在窗邊，暫時的忘了一切。太陽漸漸升起來，孩子們走掉了，小雀們也飛開了，隔壁的白被單也收進去了：桌上的鐘已敲過了十二下，該是吃午飯的時候了。上辦公室的人都回了家，斜對面那個小樓樓上的窗戶打了開來。一個男人在卸下上衣，鬆開領帶，嘴裏吹着口哨。從她的窗口看過去，可以看見他正把一枝煙送往嘴角，點上火，再拿起熱水瓶倒了杯開水，然後走到窗邊來。她急忙把自己縮進去：有一個男人讓她傷心，於是她便恨所有的：所有的男人都是一樣的，不過她只是躲進去，因為她並沒有要把這已打開的窗戶再把它關上的意思。

這樣，她開始每天把窗戶打開，並且每天都看見這個男人：同樣的時間，同樣的動作。每天，她也同樣的縮回自己的身子。有一天，她不知道在想些什麼，那個樓上的男人在走到窗口向外瀏覽的時候，她竟忘了縮進去，而給他看見了。這倒使她不好再縮回去了，因為這顯得多小氣！於是她索興站在窗口不動。但當他的目光向四周一掃，看見了她以後，並沒有什麼特別的神色，相反的他似乎根本沒有注意她，而繼續瀏覽着樓下隔壁的那幾個小孩子，一邊微笑着，一邊喝着開水：好幾天，他都是一樣。偶爾他也看看她，但她看得出這不是在注意她。他既不注意她，她自然不再有逃避他的必要。同時，他既不注意她，她倒要注意一下他，她倒要看看這個男子有什麼特別，竟使他對這樣一個雖曾失足但容姿不減的她毫不注意！因為照她看來，一切的男人都是一個樣：見了女人就像狗見了肉似的會滴口水，而這男人居然不這樣！

生命的春天既未完全逝去，窗外的景色自然可以以時間來醫治她內心的重創。一天一天的過去，她開始對這個不注意她的男人感到興趣起來。她看出他每天回來都是一個人。她可以很清楚的看見他在安靜的看報，看雜誌，以及一些她看不清楚的書本。有幾天晚上，她看見他的窗口亮着電燈，而他則在埋着頭，似乎很專心地在弄什麼。這疑問不久就得到了答案，因為幾天以後，她聽見收音機在播送樂曲，那是從他的窗口傳出來的。有時候，他的房間裏漆黑一團，但她知道他在裏面，因為他的窗戶開着，並且聽見他在黑暗的屋子裏哼着「聖．露茜亞」，或者低低的唱着那個「不能再有這事發生」。可是，她雖已開始喜歡上他，但不知道他的一切。並且，一個女人，怎麼能毛遂自荐？她只有默默地看着，想像他一切的好處，然後把這些想法刻在自己的心坎上。她希望能先知道他的名字，然而這也不容易。一直到前天那個雙方冒險的舉動以後，她才一下子知道了他。

他叫葉振強，就是她現在所正等待着的男人。四年以前，在省城裏，當他還是一個Freshman的時候，他有了第一次的戀愛。這種不成熟的戀愛自然不會有什麼結果，但對他而言，卻是一個莫大的打擊，因為他付出了所有的情感，結果不但空無所得，而且還成為她在別的同學面前嘲笑他的資料。他痛恨大都市的虛偽，所以走出象牙之塔以後，他就設法到這個小城的這個工廠來工作。他一個人，在這個兩層樓的單身宿舍裏配到樓上的一小間房間。開始時他很滿意於這種恬靜的生活，並且在公餘時專心他自己的本行工作：研究電機。因此當他那次推開窗戶看見劉素芬的時候，他無動於衷。但是一段時間以後，他發現自己是缺少些什麼，而感到苦悶起來。那些工作與業餘活動已不能填補他心靈上的空虛與寂寞。他知道自己需要重新再試一次情感生活。同時，因為既有的痛苦經驗，他知道再一次愛的時候，他會怎樣去做。但是這個地方是這麼小，女孩子既不多，認識的也少，能談得上的更找不出一個。這樣，在業已覺醒的情感窒息之下捱過了一些日子以後，他開始漸漸注意這個鄰居起來。他發見她幾乎每天都在那窗口想着些什麼，有時候也偶爾四目交視，但彼此一接觸就移轉了自己的目光。事實上他是在注意看她，不過注意不一定是長久的注視。在葉振強，他的自尊心既和別人一樣，他又不願這個漸漸印入心裏的女郎對他惡感，他自然不會拼命盯視着別人，事實上他注意她的程度絕不比她注意他的程度要少。他也不知道她會怎麼想，不過據他看來，她或不會討厭他，因為她沒有討厭他的表示。

在長期相互沉默的注意以後，葉振強首先忍耐不住起來。於是，他終於做了一次明知冒險但只好這樣辦的傻事，因為他要確定自己對她的情感，也要獲知他在她心中的地位。因此他費了很多的紙與心思寫成了一個便條：

「很想跟你談談。如果有空，晚上七點鐘在山腳下的草地上等你。」

他沒有具名。因為他可以斷定她知道這是誰寫的。同時這樣如果碰釘子，她也不會知道他的名字。在幾次的猶豫以後，最後他終於站定在窗口，把紙條捏成一團，對準着她坐着的窗口扔了下去。之後，他不待她的驚異或者惱怒的迸發，就逃了開去。

晚上，他懷着不安的心情在那約定的地方等待着。如果她不來，這是很合理的事情。同時他也想到，她將不會來的，雖然他在盼望她來。可是出乎意外地，他的冒險成功了：到時候她竟來了。

他在尷尬的表情下介紹了自己，同時也問了她的姓名。他的紙條上說想跟她談談，但他實在沒有什麼可談。很久很久，他才總算在焦急下勉強的找到一句話，嚅囁着吐了出來。

「我或不應該這樣冒昧的寫那紙條，」他竭力為自己辯護他的動機：「你或會把我看成一個壞人。」

她先沒有說話。只是端詳着他。她知道他的話是真的。

「我或者也不應該這樣隨便的跑到這裏來，」然後她低沉地沒有表情的間接回答他的話：「你也會把我看成是一個什麼樣的女人。」她自己避免使用「壞」字，但他當然懂她的意思。沒有客套，沒有繞圈子說廢話。葉振強那一霎時的惶恐也被她這句簡單而真實的話趕走了，他們開始像一對多年的老友似的談起來，互相告訴對方關於自己的往事，用不到隱瞞什麼，他們在心靈上早已起了共鳴，現在不過是在證實他們之間的共鳴而已。他告訴她，他是曾經愛過，不過他失敗了。她沒有對這事立刻表示什麼意見，只是以自己的遭遇代替她對他的同情。

她把自己的一切，不顧羞恥地向這個熟悉的陌生人吐露：在這個久已印在她心上的人的前面，她並不覺得羞恥，並且，她也顧不得羞愧。她告訴他說，她只是一個沒有唸完大學的壞學生。在大學裏，她只唸了兩年，就進了情感的圈套：她跟一個高班的男同學愛了起來。然後，情感的衝動使他們發生了關係，並且在這以後竟糊里糊塗地秘密的同居了。因為她的家在鄉下，她是寄宿在學校裏的，寒假，她推說假期太短，來去不便而沒有回去，所以她的家裏不會知道這事情。

「我們有了一個孩子，」頓了一頓，她告訴他。她的嗓子有點啞：「有了這孽種就完了。」

葉振強一怔，他轉過臉來看她。但她沒有注意他，只管說下去。

學校不能再上了，家裏知道了她的行為，大為氣憤，爸爸趕進城來，不但責備她，並且要找那個男子算帳。那個混蛋的男人在她面前是個英雄，碰見她的爸爸卻變了老鼠。他害怕她的父親對他有什麼不利，竟逃走得無影無蹤。她的爸爸找不着那個男人，逼着她交出來，因為父親認為是女兒把他藏了起來，故意不讓他見面。人交不出，於是父親認定是她的鬼計，一怒之下，聲明跟她脫離父女關係，不許她再回家，自己回鄉去了。她有苦說不出，沒有了家，也沒有了他。剩下一個生產不久的小孩子，因為她的心境不好，經濟又沒有辦法，不到兩個月，孩子死了。她受了這個刺激，又舉目無親，幾乎自殺，幸虧遇見了她的老同學，一直到現在。

「我真是已經死了心了。除了我現在住在她家裏的那個同學以外，我誰也沒有告訴過，但今天我卻告訴了你。」她說：「所以你知道我不是一個好女人。」

葉振強感動的不得了。這不是她的錯。他自己也遇到過這些情感的波折的，他當然了解她所以如此的原因。同時，他也需要一個懂事的女人，那是需要曾經憂患才能懂得的。那麼她就是。她說她不是好女人，這正相反，這樣的女人才配稱為好女人。因此，他要幫助她，也是幫助自己，他要幫助她脫離死的心情，他要幫助自己的生活有樂趣。

「為什麼要這樣磨折你自己？」於是他握住她的手：「我了解你的心境——就怕我已不配這樣說。」

她也捏緊他的手：「只要你不把我當一個壞女人就好。」她說：「我知道你吃過他們的苦。」

月亮很好，星也很多。這天氣是專為那些情侶們安排的，尤其對於那些曾受磨折的人，更使他們感到這夜晚的難得。春天既從窗口進來了，自不能讓它悄悄溜走。

當他們覺得時間已經不早時，他倆就從草地上站了起來。葉振強心裏感到生命的意義，覺得那過去的歲月都是浪費的，從今天開始，才是真正人的生活。他不再能忍受寂寞，那是他三、四年來一直感到而仍忍受着的。他本來想約她第二天就再來這裏，享受愛的歡樂，但他害怕太急太近的約會將引起她的懷疑而被拒絕，而影響他倆的將來，甚至可能她以後就再也不與他往來。因此雖然他很有這個願望，但歸途上他一直只是着急而不敢說。回家的路馬上就要走完了，直到快分別的時候，他才吞吞吐吐的說出了自己的願望，約她後天仍在老地方再見，並且竟幸運的得到她的允諾。

回到家裏，兩個人都失眠了。劉素芬覺得她並未死去，她不但仍保持她青春的活力，並且她已懂得怎樣去愛。她已決定這一次要好好的去做，——說實話，她以前那次盲目的戀愛裏，她自己多少也是有一點錯誤的。

至於葉振強，他想的就更多了。他知道一個受過重大刺激的女人能夠恢復正常，不但是需要目前的安慰，並且更需要長期的，永久的安全感。這付擔子落在他的肩上，他願意承擔起來，並且他認為也應該承擔。同時，他自己的年齡也已不小，對於一個成年的人，他開始想到家的需要。他需要她，並且希望她也能真正的愛她。於是，他突然想到了要做一件事。那就是，明天請一天假。明天一早，就坐快車去省城一趟，拿他僅有的工作報酬所得的積蓄，買一對白金的線戒，然後趕晚班的火車回來。他要在後天晚上跟她見面時，找一個適當的機會給她這個不算好，但意義深長的小禮物。他要使她驚奇；驚奇他對她愛心之深，驚奇他對她關心的程度，因為這就等於是告訴她說，有一個男人願意以他的全部所有來交給她。

當葉振強坐在北上的火車上時，劉素芬接到了她朋友那封已替她找到職業而催她立即啟程的信。她雖覺得這事太巧，但她不願放棄這個不容易獲得的職業。同時從昨晚的交談裏，她相信葉振強不但會同意她的前去，並且也會替她——或者替他們兩人——高興：她有了職業，對於他們兩人將來任何可能發生的事，都將有所幫助。於是，她立刻寫了一封短信給他——她還不好意思去直接找他——要他改在今天晚上七點鐘仍舊在老地方相見，因為她有要緊的事同他談。她相信他會來，所以用不到在信上說明是什麼事。

劉素芬在山腳下等了很多時候。她從六點五十分一直等到八點，根本連葉振強的影子也沒有看見。她知道他是不會來了。她開始不再感到等待的焦急，因為憤怒後的傷心已經替代了它。她感到她又被騙了。她想到昨晚葉振強對她的舉動。她記得他曾怎樣表白他自己，對她說他對她愛慕之深，同情她的遭遇。他緊緊的擁抱着她，幾乎是瘋狂的，充滿着情慾的吻使她幾乎透不過氣來。而現在，他衝動的情感過去了，他把她的信視若無睹。她恨，恨玩弄她的男人，也恨她自己再度的做了一次傻瓜。她覺得還是她以前關着窗子的辦法是對的：天下所有的男人都是一樣，沒有一個值得信任。於是，她回到房裏，就重重的關上那扇窗戶，並且罰誓永遠不再把它打開。

當她決意埋葬自己生命的春天的時候，葉振強正在省城的一家首飾店裏挑選指環。他想他要盡他所能，挑一對最好的買回去，來把這難得而又值得珍視的愛情圈住，不再讓它偶然而來，悄悄而去。

——一九五四年三月，文藝月報第三期

——選自師範短篇小說集「慧眼」，二〇〇四年八月
文藝生活書房出版

燈節

天色還沒有暗，街上的人已經像潮水那樣的湧着了，偶爾有一兩部機動車輛經過，也因為敵不過人們的視若無睹，也只好慢步下來跟人們邊走邊談。鞭炮聲、火藥味、鑼鼓的喧嘩，夾雜着長舌女人的喋喋不休，以及小孩子們恐怕別人碰壞他們兔兒燈的尖叫，使整個的媽祖廟幾乎都沸騰了起來。

喝完最後一口肉羹，林文志從那小吃攤上站了起來。他看見許多人在向廟門口擠過去。那高高的建築物上，也掛著八盞紅色玻璃紙糊成的大燈，在輕輕的擺動。他才想到，原來今天是元宵節了。在平常，他感到時間的緩慢，日子難以打發。但現在，他感到日子太快了一點。這是說，舊曆年以後，他已在渾渾噩噩中不知不覺的過了半個月。而今天以後，他將繼續這樣混下去。

想到「混下去」這幾個字時，他像驚醒了過來一樣，趕緊看了看手錶。他發現已是五點五十分了，於是他縮回他下意識地跟着人羣向廟口走過去的腳，轉身向街上走去。因為他是本鎮的消防員，今晚六點鐘起輪到他值班。說起來這種工作很無聊，火警難得有一回，但值班卻不能不去，因為誰知道就在這幾個小時內會有什麼事發生。

經過廟門口，他在擺書攤的豬仔那裡停了一下。他估計了，消磨四個小時的需要，就租了兩本言情小說。然後，他邁開步伐走向消防隊來。

「幹你娘，你過了七點來不更好？」當班的小伙子廖阿勇看見他走進大門，伸着懶腰從辦公椅上站起來笑着罵他：「我怕你這個小子今天會溜班。」

林文志看了看錶。

「你懂不懂看錶？」他把兩本小說往桌上一扔，順手把手錶亮出來，伸到廖阿勇的眼前：「看見沒有，現在是幾點鐘？」

「媽祖廟有燈會嘛，」廖阿勇收拾他的空便當盒：「說不定阿珠要來逛逛，拈個香，你可以再找她談談呀！」

「快滾回去塞肚子吧！」他把廖阿勇推出門外：「吃飽了早點死，好做個飽鬼，省得你嚕嚕囌囌！幹你娘！」然後把門用力推上。但他沒有能把廖阿勇的那陣笑聲推出。他聽見他那調侃的謔笑，刺得他的耳根發熱，恨不得跳出去揍他一頓。

提起阿珠，真是惹人光火。要是普通朋友提起她，他會把臉一沉，說：「請你少提阿珠。」可是廖阿勇他們，都是自己的好朋友，從小一塊兒長大，他們不怕他光火。因為他們知道他吃了阿珠的虧，實在很同情他，並且也代他抱不平。他們勸他忘了她，也不必再去恨她：男人們有自己的天地，與自己的前途，何必為一個女人傷心！久而久之，他接受他們後半段的論點，但卻忘不了她，而仍恨着她。這是無法解釋的：旁觀者到底是旁觀者，而他卻是主角。觀眾鼓掌叫好，或喝倒彩；台上的人可不能自己也拍手呀！

他坐下來，摸出一支新樂園來抽，吐着煙圈。一個個圓圓的玉環在空中打轉，似乎要飛向那遙遠的地方去套住什麼似的。但煙圈散了，變成一陣乳白色的霧，一絲絲，一縷縷，漸漸的飄了開去，終至完全消失。

「見鬼！」突然他用勁拍了一下桌子，咒罵着站起來，把躺在桌上的那兩本小說嚇了一跳；「去找她談談又怎麼樣？」他像才明白似的，想起了廖阿勇最後那句話。他知道阿勇的意思是說他不敢。

但是即使他真有這份勇氣，他也不能去，因為他要值班。這真是太巧。前不派，後不派，偏偏到了上元佳節，派他值晚班。別的人都可以去玩，而他卻不能。不過不能去玩也好，因為這樣他才有理由為自己辯護：是因為工作而不能去逛燈會，而絕不是怕去逛燈會！

燈會！燈會的情形一年比一年熱鬧了。前年今天就因為下着濛濛的細雨而顯得冷清一點，雖然人們心裡總熱烘烘的。吃了豐富的晚餐，拖着閒散的身子，他也跟着潮水似的人羣去逛燈。這麼大一個人了，自然沒有孩子們那樣有興趣了，他只是害怕寂寞，而湊湊熱鬧而已。外面既有點雨，屋子裡自然好些。於是他走進媽祖廟。廟裡到底不一樣。人黑壓壓的擠滿了一屋子，女的大多在求籤問卜，而男的差不多都在抬着頭猜燈謎。燈謎是節興，他也喜歡，於是，他也駐足了下來，一張一張的看過去。在一個角落裡，那些燈謎專打地名。大陸的地名太多，他不熟悉，就專門找打本省地名的。那些燈謎大都很容易。什麼「四季溫暖」啦：「遍地黃金」啦。但人們就是打不出來。於是他微笑了一下，把「恆春」跟「豐原」兩個地名寫給管理員，領了獎品，然後，他又走到另一個紙條前面。那紙條上寫着「山在虛無縹渺間」這一句話，他覺得這個燈謎很好。文雅而又達意。他知道是什麼。但是按照規定，每一個人不能領兩份以上的獎品。於是他稱讚着，預備離開這個角落。但當他轉身過來的時候，他才看見有一個女孩子站在他的背後。看樣子她站在他的背後已經很久了，並且她在注視着那個燈謎。他看出她喜歡打燈謎。但他看見她的手上還沒有什麼，他知道她尚未打中什麼。

「你去領這個獎，」他指着這個燈謎告訴她說：「我已不能再猜了。」他揚揚手裡包着的兩包東西。

「我打出來的都給你搶先打去了，」她笑着回答：「這個我可打不出了。——你一定曉得囉？」她笑着問他。

「是『霧峯』。知道嗎？『霧峯』。」他輕輕的對她說，然後指着那個管理獎品的人：「快去，當心晚了給別人搶先。」

她領了獎品回來，向他道謝。然後她把獎品拆開。

「我用不着，」她發現是一包香煙，就遞給他：「還是應該你得的。」

他被她一提醒，才想起自己還沒有看看是得了什麼。於是他也把他的獎品拆開。但他一看，就笑了起來。

「對了，我們交換吧，」他把自己的兩包遞給她：「這應該是你的。」原來他獲得一盒香皂、一條女用手帕。

兩個人都笑了起來。一分鐘以前他們還沒有想到要認識對方，但一分鐘後他們已成了熟識的陌生人。

「你貴姓？」然後他問她，並且介紹自己：「我叫林文志。」

阿珠把自己的姓名告訴了他。她不是一個怎麼太漂亮的女孩子，穿的衣服也樸素，頭髮也是直直的，沒有去理髮店受過刑罰，她自己證實了這件事：她還是一個學生，就在三里外那個縣立中學裡讀書，今年夏天就要畢業。至於對他，也許因為是一個女孩子的關係，也許她覺得不需要問，所以她並沒有問他什麼。不過她知道他的肚子裡一定不太壞，這從打燈謎上就可以看出來了。同時，他的儀表也不錯。在本地一般的青年中間說來，他的衣冠或者並不如別的人那樣顯得有幾個錢，但平實的裝束並不能掩蓋住他那堅毅，與不願求助別人的氣質。她不討厭林文志，願意跟他談談，或者說願意回答他的問話。於是在離開媽祖廟以前，她接受了林文志星期六晚上請她看電影的約會。

兩個人開始不止一次的接觸。每見一次面，似乎更增加了要想問對方的話。但到下一次見面，又誰都想不出要說什麼。他們想起來了，他們需要的是一次一次的見面，用不着多用語言來嚕囌。

半年以後，她離開了學校。不久以後，她又找到了職業，在鎮上那個合會儲蓄分公司的營業處當點票員。職業既要她每天與鈔票接觸，她也開始知道鈔票的偉大。同時，她既自食其力，當然也不再像求學時期靠家裡來解決一切，而有支配自己收入的權利。並且，她也知道應該適應這個環境。於是她燙了髮，換上了高跟鞋。嘴上血紅的唇膏代替了原有的純淨無瑕。這使林文志感覺驚異，而她卻正要他驚異。

「這有什麼關係？你真是太頑固了，大家都這樣，」她挽着他的胳膊向他說：「我總得適應這個環境呀。」因為他們見面了，他怪她不應這樣，把自己裝得這個樣子，使他簡直連走路都不敢跟她一道走。

不錯，她得適應這個環境。於是她的新裝越來越多，許是因為他不能適應與她在一起時的環境，所以他們見面的機會也就相反的越來越少了。在他們「最好的時光」，他們每禮拜能一塊兒見四次。她做事的幾個月以後，他只能每星期見她一、二次了。她告訴他說，有時候是在加班，有時候是在家弄洋裁，所以他們見面的次數不得不減少下來。他認為這些都是應該的，他當然相信。可是使他不相信的事情來了，但他不相信也得相信。

這是去年燈節。在這前幾天，他曾約她一道出來玩，他笑着說這是一週年紀念，她當然懂得他的意思。她也笑了，但是她說不能出來玩，因為這天晚上他們家裡要吃元宵，並且來了些親戚，要歡聚一晚。

「我們哪一天都可以去玩，何必一定要這一天？」她向他解釋，並且在他的請求下，答應了第二天一道去玩。

於是元宵節晚上，他就一個人去媽祖廟。廟裡比去年還要熱鬧。他走到那個打燈謎的地方，想起他與阿珠邂逅的情形來，他向目己笑着，心中充滿了甜蜜。他想明年的今天，他要領着跟他新婚的她來重遊舊地。今天，是他最後一次一個人來逛元宵的媽祖廟了。於是他站在射燈謎的那個地方，靜靜的打射，並且得了獎。然後，他想該回去了，走出了媽祖廟。但當他正走到馬路上時，他看見一對男女正向廟口走來，他一眼就認出了那個女的是誰。跟她一同走的，是一個胖胖的男人，衣服畢挺，看來已經有三、四十歲，阿珠挽着這個男人的臂膀，有說有笑，沒有看見林文志，直到他們走近到應該互相看見的地方，她愣了一下站定了下來。但是隨即她就回復了原狀。

「噯，你也來看燈？」她叫着他：「讓我給你們介紹：這位是黃先生，我們同事，」她指著那個胖子說。然後，她把林文志介紹給這個胖子：「林先生，我的同學。」

林文志先是一愣。他恨她前幾天的謊言，但他現在卻不得不佩服她的應變功夫。他本來想說些什麼，但是他想不用講了。

「噯，你們也來看燈嗎？」他轉臉向那個胖子，同時伸出手來：「黃先生。」事情似乎很突然。因此他回去以後，失眠了一個晚上。他想算了吧，後天的約會也不必了。但他又希望這是巧合，說不定阿珠與那個胖子沒有什麼，不要誤會了才好。於是，他帶着希望，在第二天去約定的地方等她。到時候出乎意外的她來了。但她的來等於根本沒有來，因為他雖一點沒有提前晚那事的意思，但她一見了他就自己提出了。

「本來我不預備來了，但來一次也好，」她說：「你已經看見了，我也不想解釋。」她似乎不準備再談下去。

「何必提那件事，」他急忙挽着她：「我根本不在乎。」

「不，我們還是提一提好。你應該在乎。」她避開他的手說：「我要回去了。」

他不能擋住她的話，當然更不能攔住她的去路，他只好讓她走。不過，他恨。他恨這種女人，並且發誓不再見她。於是在這以後，他除了工作以外，就找尋刺激。因為他雖明知這種女人不值得他的懷念，而又無法不想，所以他就求助於喝酒、賭博、以及抽煙。

抽完了第五支香煙時，牆上的電話鈴響了起來。他知道這次值班不會是浪費時間了，他急忙走過去聽。電話裡告訴了他出事的地點，他掛斷電話，扔掉手上的煙蒂，立刻再用電話通知他的夥伴們去救火。幾十秒鐘以後，他已穿上他的工作服，駕着消防車出發了。

經過隊部的時候，他停了一下，讓早已齊集在大門口的夥伴們跳上車子。然後，他打開警報器的控鈕，向目的地飛駛過去。

火舌已經從一個兩層樓商店的窗戶裡伸了出來，非常猛烈。鱗次櫛比的房屋的主人們在叫喊着，並且混亂地把自己家裡的物件往街心上扔出去。他們看見消防車來了，發出一陣大概是歡呼的叫喊，同時讓出　條路來給車子進入災區。

救火員們紛紛的從車上跳下來，發開水帶，接到水龍頭上，架起雲梯。林文志把抽水馬達發動以後，也跳下車來。他看見許多夥伴們都在忙着爬上這棟樓的四週，用斧頭使勁而猛烈的砍着四面連接其他房屋的地方，水龍頭也開始向火場射去，他的心裡才安心下來。因為他知道這火勢蔓延已被阻止，他們已能控制火勢。依照經驗的推測，在半個小時以內，他們將可首先擊滅火的主力，大約一個小時，便可結束這場不算太小的火警。於是，他幫助屋主們搶救屋子裡的東西。

「嗨，這樓上還有人！」突然圍集着的觀眾裡有人叫了起來：「就在這樓上！有穿黑衣服的人！」

林文志這時剛把一只箱子從樓下搶出來，聽見了這叫聲，他急忙扔下箱子，走到街心抬起頭來看。突然，他發現了那個穿黑衣服的人，她正慌忙的撲向每一個窗口，但每一個窗口都已着火。她叫着，喊着，那是一種絕處求生的呼號，他聽見她的呼叫就呆住了。他再一看，從那散亂的頭髮下面，他確定她就是阿珠！他第一個念頭是痛快，他希望她死。而且作為一個消防隊員，除了給人們稱讚見義勇為以外，一切的壞事情都加不到他們的身上去。同時，這是很有理由的，樓上已不能進去，而從樓下也已不能進去，因為他剛才搶救那只箱子時就已經看見着了火。但這個念頭僅僅掠過了他的腦子一下子。一秒鐘以後他馬上覺得要盡一個消防隊員的責任，他覺得應該做一個盡責的消防隊員。那是說，在他擔任這工作的五年以來，他每一次都不顧一切地去盡他所能，他得到上級的賞識，社會上人的稱讚，以及自己良心的撫慰。現在，另一個需要他獻身社會的機會來了，為什麼在這可尊敬而又榮譽的工作上想到那種私人間的不愉快呢？

他馬上決定了自己。他立刻用手帕紮住了嘴和鼻子，同時從伙伴手裡接過水管，把自己身上澆得完全溼透。然後，他拉過那張雲梯，不顧伙伴們的勸阻，迅速的爬了上去。

「集中水力向這個窗口！」他在雲梯上向地下高喊：「準備接人！」七、八支水管立刻向這個窗口飛來。他用穿火圈的身手，一下子就竄進了窗戶。

他發現阿珠已經被濃煙薰倒在地上。她的臉色慘白，已失去了那年燈節相見時的少女的嫵媚。他知道這不單是火警使然，並且也因為她已被她的環境所適應的緣故。他把她抱起來。她的神智還清楚，雖然閉着眼，但她也伸手搭上他的脖子。他記得他第一次吻她時，她也是這樣的立刻把手圍住他的脖子。但現在是在救人，他無暇思想，也用不到想那些以前的事。

「準備接人！」他在屋子裡再度向下高叫，拉下她搭在他脖子上的手，把她從窗口扔了下去。然後，他自己也跳了出來，因為他已沒有時間分辨雲梯，並且也已沒有時間去踏上雲梯了。

當他被救護車送到醫院時，他醒了過來。他想起了剛才的事，心裡覺得很平靜。他聽見醫院的大小姐陳玲子在跟一個女人說話，最後問她是怎麼回事。

「今天是燈節嘛，」他聽出那是阿珠的聲音：「都是燈節惹出來的事情。」

——一九五四年三月，西風小說文庫革新第五期

——選自師範短篇小說集「苦旱・燃燒的小鎮」，二〇〇四年八月文藝生活書房出版

夢回

蕭佳碧有着一副討人喜歡的面孔。也許因為她是裁縫的女兒，因此雖然她的身段並不十分苗條，但也並不減少男人們對她的注意，因為她懂得如何剪裁合身的衣服來彌補自己那略嫌粗肥的腰身。

鎮上好事的年輕小伙子們都管她叫「剪刀西施」。同時，他們總希望自己能佔有她。或者，即使談不到這一層，也希望能跟她談談戀愛。假如連戀愛也談不上，那麼就是較別的男人能夠多接近接近她也是好的。這倒使她的父親笑顏常開了，因為他們要找機會跟她搭訕，總得拿些生意給她的爸爸。

不過二十三歲的剪刀西施卻並不屬於這羣小伙子中間的任何一個，而寧願選上鎮上那個已經四十多歲的中年屠大邱清水，並且已經秘密的來往了一、二年。因為這羣小鎮上的青年們外貌既並不比那個屠夫好到那裡去，肚子裡也沒有什麼高明，而屠夫卻身強力壯，並且不像他們那麼窮酸，而能滿足這個早熟的南方姑娘的需要。

正因為這樣，所以蕭佳碧明明知道屠夫不但已經娶了老婆，並且大的女孩子幾乎也有資格給別一個男人做情婦了，但她並不感覺有什麼不好，而在一度提出要求屠夫與太太離婚，最後甚至只希望同居而仍給屠夫拒絕以後，她也只好就這樣的跟他偷偷摸摸的混了下來。可是這多少使她感到無援的不安。並且，每一次的約會，他總是只顧自己而不大理會她的情緒，她有點說不出的惱怒，但不是懊悔。因此她總想能找出一個好辦法來。

不過今天，她卻對着鏡子向自己笑了起來。因為昨天下午在街上走着時，她忽然看見了李明：一個離開這個小鎮已經五、六年的年輕人，她國民學校時代的同學。在小學畢業以後，一般的小伙子包括蕭佳碧自己在內都輟學了，而他卻去外縣繼續讀書。高中畢業以前，他仍然每個寒假暑假都回來，並且同別的那些小伙子一樣的不時的出現在她的家裡。但她那時並不覺得李明跟那些小伙子們有什麼兩樣的地方，他的外貌也並不令人感到興趣。也許因為她並不給他以希望，也許他有別的原因；總之，在這以後的五、六年裡他沒有再在小鎮上出現，她自然也不需要探聽他的行蹤。但是昨天，當李明出現在這個小鎮上時，她發現他已成了大人，並且他已換上了一副英俊的面龐，眼睛裡閃爍着使她自知不能比擬的智慧之光。她記得他曾喜歡過她，或者，至少他不曾討厭過她，於是她就叫住他，問他的好，並且問他這幾年在那裡，怎麼這樣久不回來。從李明的敘述裡她知道他剛大學畢業，回家已有兩天，再過一、兩個禮拜就又要出去了，因為學校已經替他分發到省城去做事。她親熱而善意地責備他怎麼不去她家玩，意思是說怎麼不去找她。李明的表情感覺有點突然，但是隨即他就很快答應今天晚上來看她。因此她很高興。可笑屠夫還說今天有事不能出來，其實即使現在屠夫來找她，她也不一定願意跟他出去鬼混了。

李明這時候正在街上向她的家走來。他的心情是既興奮而又愉快的。六年以前，他考上了省城的大學而離開了故鄉，因為功課的繁重與家境又不富裕的雙重原因，他在假期裡給人家中學生做家庭教師。因為這樣，他才可以有一點收入來彌補家庭經濟的不足。所以幾年以來，他一直沒有回家。同時，不回家對自己本身也有好處：他可以利用每一個夜晚來專心的研究他的醫科學識，而回家就得花費相當的時間來放在和鄰居街坊早晚的寒暄與閒談上面。因為他知道自己不比一般的大學學生，可以拿混資格的態度來上學。他的家庭沒有名望，在鄉下老是受人欺侮。他需要把自己鑄成一尊鄉間的偶像，要讓這個小鎮的人民將來對他膜拜，出人頭地，替家庭光耀門楣，不再吃虧。他自己則要做一個救世濟民的好醫生：這個社會病狀實在太重，他要治癒那些不良的病。除此以外，使他六年中不願回鄉的另一個原因，就是蕭佳碧。從國民學校裡開始同學時起，他童稚的心靈就開始喜歡上她了。但是一直到高中畢業時為止，他那比其他鎮上小伙子們較好的條件，都未能使這個小妮子屈服於他那固執的片面情感之中，他開始灰心，決意以不見面來磨鍊自己，並且也想以此來磨鍊她：如果她喜歡他的話，將來見面時，她會回到他這裡來的。有時候，他曾想得使自己很滿意。他想像自己一旦學成，榮歸故里時，多少人來探視他，她則將以慚愧而羡慕的心情重新燃起對他的情感，向他道歉自己以前的不該，而他倒要表示若無其事，幾乎帶一點勉強的樣子來「接受」她的情感。但他知道這不過是自己的一種幻想。事實上他客觀的分析下來，蕭佳碧現在早已該綠葉成蔭子滿枝了。因為按照本地的習俗，女孩子們簡直不可能在二十歲以後才出嫁的，何況她的外貌又是相當的出人頭地。想到這裡，他的心就冷了下來，不過無論如何她對他總是一種希望。如果她結婚了，在回去相見的時候，她將懊悔自己而使他感到驕傲；如果她尚未結婚，像剛才所說那樣，他更將獲得她的愛情而佔有她。現在他以優異的成績畢業了，被派往那個省立醫院裡，在一個著名的外科醫生那裡當見習醫師。無疑的，一年以後，他將由一個年輕的醫科學生變成一個年輕而有成就的外科醫生。因此，在下月去報到以前，他自然想回家來一次，即使不能達到他那些如意的想法，至少也該回家看看家人，於是他以滿懷欣喜與期望的心情回家來了。一切都很好，正如同他想像的一樣，家人對他歡迎，鄰居對他崇敬，都使他很滿足。這倒底是故鄉：故鄉永遠值得人們懷念的原因，就是因為它有着無比的親熱。而最使他興奮的，就是見了蕭佳碧。他曾在一回家就想去看她，但總為一種矛盾的自尊心所擋住了。也是太湊巧了，第三天他就在街上碰見她。在省城，人們見了面也問好，但甚至連你還沒有答謝，他就已經掉過頭去了：沒有一點真實感。但是在這小鎮卻不一樣。他（她）們問候你一句說「你好嗎」或者「怎麼最近沒看見你」的話，雖然不像大城市裡那樣子握着手，但他（她）們是在真的關心你，用不着裝模作樣，也用不著懷疑他（她）們的好意：因為這是故鄉。這裡的人從小一齊長大，他（她）們的本身就是一個整體，用不着分彼此。因此她的問候使這個年輕的醫科大學生感到親切與溫暖。於是他也無法偽裝自己了，把以前想好了要怎樣對付她的辦法通統忘掉，掏出真心給她。他回答了她的每一個問題，答應，也是希望今晚去看她。他在想他這次回來可能有些意外的，也是意料中的收穫，於是，他燃燒着情感的內心使他的腳步不知不覺地加快了起來。

剪刀西施老遠就看見他來了，於是她就迎了出去。屋子裡有上一代的人在，氣氛太嚴肅，將會使李明感覺拘束，而她自己也不希望這樣。他們在那盞黯淡的路燈下相遇了，她告訴他，家裡爸爸有客人，問他是否願在街上蹓蹓。他第二次感到突然。他沒有一定要到她的家裡受罪的理由，當然就轉過身來。

醫科學生被這突如其來的喜悅引起了心跳。他似乎有很多的話想跟她說，但不知道該說什麼好。他默默地走了幾步，心跳平靜了下來，他才想起了他該說些什麼。他確定她尚未明瞭他目前在這小鎮上的地位，與他即將獲得的遠大前途，而想把自己引以為榮的一切告訴給她聽，以便更堅定她對他的信心。至於對方，他已確定她尚未結婚，並且很可能是在為他而等待。所以他不想問她什麼。他想得有點得意起來，於是他微笑着轉過頭來。

「我有沒有變？」他向她說：「我是那樣的亂。」

剪刀西施正在想着另外一些事情。她在想這種散步是一種享受。旁邊年輕的大學生使她感到光榮。他的外表既較小鎮的青年們瀟灑，他的談吐又文雅。她願意和這樣的一個年輕人在大街上蹓躂，這正是那屠夫所不能做到而她也不願跟屠夫去做的事。跟屠夫，她只能偷偷摸摸，也只願偷偷摸摸。在長期的情慾生活以後，有時候，她倒願意能有一種純粹精神安慰的生活略微調劑一下，就像這種靜靜的散步，便是最好的。因此她沒有注意他的話而被他的聲音怔了一下，過了一會兒，才想起該怎麼回答。

她看住他的臉，搖了搖頭。「我呢？」然後她反問他：「我變醜了。」她忽然想到了屠夫。

「那裡，」他也搖了搖頭：「你怎麼要說這話？」

她笑了，她知道在他而言，他的話是真的。李明是這樣一個人。他從不故意的恭維別人，誠實，並且因此而帶一點懦怯的樣子。這些都是他幾年以前的特性，正如她所觀察的一樣，他的個性沒有改變。他也笑了，那是因為他看見她高興，他自己也更高興。

他們開始了談話。起先是些鎮上的事。他們回憶，並且給它們作結論。他們談到許多鎮上的熟識的人們，她告訴他關於這些人的行蹤。然後，她感覺沒有什麼可說的了，於是隨便問起他自己的一切。這使醫科大學生更加有勁了，因為他早已想要把自己的情形告訴她聽。於是他詳細的說了自己的以往與將來，免不了在有的地方略微誇張一點。他一邊走，一邊興奮地，陸續不斷地吐露自己的一切。他的心中充滿了青年人對前途的幻想。他要使旁邊的伴侶相信他的話是確切不誤的預知。他要她分享他的快樂，並且也鼓勵她更加相信自己的話。可是也許是她太高興他的回來，她卻並沒有他預期的那種反應，她只默默地聽他滔滔不絕的宏論而並未插嘴一下。事實上她既沒有興趣於他的前途，她也聽不懂他那些略嫌深奧的語句。她不好意思說她不感興趣，只好一語不發的聽他演說。

「將來，我要辦一個專門動癌症手術的外科醫院，」他充滿希望而自信地繼續對她說：「這將是全國，甚至全世界第一所治癌專門外科醫院。我將要去國外仔細的研究治癌的最安全的手術。」

剪刀西施漸漸開始煩躁起來。她幾次想打斷他的話，使他轉變一個適合於這個散步環境的話題，或者，只要適合這種環境，就是不談話也可以。但她幾次都沒有成功。因為每一次正當她想插嘴的時候，他每一次正提高他的嗓子在重複自己的話表示強調的意思。最後，她忽然想到了一個簡單的方法。於是她把她的手向他的臂膀圍攏過去。

這時他們已經走過街頭的一座小橋，而在市梢的出路上走着了。天上很黑，燈光也已沒有，她的辦法很快的起了功效。他停止了演說，下意識地用另一只手去捉住她的手掌，而她也緊緊的握住他。

一種與時俱增的慾望在李明的腦海裡迅速擴展開來，他感到血液在加速流動，呼吸也急促起來。他的心開始猛烈地跳動，他的手幾乎是顫抖的把她的手愈捉愈緊。她感到這種情緒上的窒息。並且她感到他在看她。她知道只要她不加阻止，則將會發生什麼事情。她不願阻止。因為她不怕發生任何事情，因此她站定了下來，轉過身來看着他的臉。

年輕的醫科學生迸溢了他的情感。當他看見她站定了而回過頭來看着他時，他很快地分判出她是在等待他。於是他就也立刻站定了下來，低下頭去吻她，並且緊緊的抱住她。剪刀西施閉上了她的眼睛，聽任他那顫抖的身體靠緊她，並且既有的情慾生活使她感覺衝動，她希望李明給她滿足。她原諒了剛才李明那些與她不相干的大話，她相信他會懂得她。

可是李明沒有，一種純靜的愛心與教育，使他把吻她這件事看作愛情的全部奉獻。除此以外，他沒有想到其他。因此在激動的感情平靜下來時，他就鬆開了她，然後揑着她的手繼續向前走去。

剪刀西施感到意外，並且這種感覺隨即就變成失望。她的幻想雖尚未破滅，但事實已跌回現實裡來。她有點不高興，但是她無法向李明說出。於是，她提議回去。醫科學生當然應該尊重愛人的意見，他們便轉身回去。

她縮回了他在揑着的手，再度開始沉默。醫科學生感到有點惘然，但他不知道為什麼。他想也許剛才自已誤會了她的意思，太早的接吻使她發怒。他不安起來，想向她道歉。但是他不知道該怎麼說。他努力的想了很久，終於找出幾個比較可以說的字眼，然後，心跳着開始結結巴的說出來。但是他並沒有能完全表達出自己的歉意。因為正當他不知如何是好，吞吞吐吐的說着的時候，一件事情使他不得不停止下來：一個粗壯的男子在他倆的面前出現，擋住了他們的去路。剪刀西施馬上認出了這個熟悉的黑影是誰。她先吃了一驚，但隨即她就鎮定了下來，並且想到剛才的失望。她想屠夫來得正好，她正好要使他就範。於是，她就站定了下來。

屠夫向他倆走前一步。他先認清了確是剪刀西施，再向醫科學生逼近過來。醫科學生不認識這個男人是誰，屠夫也不認識醫科學生。因此屠夫向他仔細的看了一下，想問他姓名。但他立刻覺得這沒有必要，而且無濟於事。於是他把拳頭揮過去，用宰豬的氣力把醫科學生送到老遠老遠的一個街簷下面，然後他向剪刀西施走來。

「幹你娘，你一天沒有男人就發癢是罷？」屠夫用他自以為已經很文雅的字眼向她咆哮：「老子現在就去給你找一間房，省得你以後再去七搞八搞。」他抓起她的手，把她拖了就走。剪刀西施感到這些話太難聽。不過，她到底得了一種保證，並且這也正是她的目的。於是她也就順從地跟他走了。

醫科學生起先簡直不清楚這是怎麼一回事。他第一個本能的反應是憤怒，並且立刻從地上爬起來，想給侮辱者還以侮辱。但當他正想跳過去的時候，他聽見了屠夫向剪刀西施咆哮的話。同時，他也記得剛才屠夫那胳臂的力量，而使他把正欲衝過去的腳步縮了回來。其次他回頭四面看看，除了他們三個人以外，在黑暗裡並沒有第四個人看見。於是他無可奈何地遏止了自己憤怒的情緒，向自己的家門走去。他向自己發誓，永遠不要再見她的影子。同時他想立刻告訴家裡說：省城來了通知，要他提早報到。他預備明天就走，免得躭誤了那美好的前途。

——一九五四年四月，自由談月刊五卷四期
——一九五四年十一月，入選「十人小說選集」，經緯書局出版
——選自師範短篇小說集「苦旱・燃燒的小鎮」，二〇〇四年八月文藝生活書房出版

花店

在我辦公的那幢大樓旁邊，有一家鮮花店。跟其他的鮮花店一樣的，這家店裏每天都擺滿了那些我知名的與不知名的花草。在櫥窗裏，並且還有游龍草以及其他各種木本植物的花種放着待售。

差不多每家花店都在花壇的中間或者外面任何適當的地方，都有一個小小的水池，而每一家花店的小水池裏，都養着一些大大小小五顏六色的金魚。

對於鮮花、金魚，以及其他任何有錢與有閒的消遣——或應稱為欣賞——品，我是既無時間，也沒有多餘的錢去買來賞玩的，何況我又是那樣一個庸俗不堪的人。不過因為這家舖子正在我每天上下班的必經之路上，因此我經過時，有時難免駐足下來作片刻的流連，冒充一下雅士來東看看，西看看，然後再在店裏那個女店員不屑的眼光下離開。

不過有一天，我做了她一次生意。那是因為一個朋友結婚，自己忙得來不及，托我在下班經過花店時，訂一束結婚時新娘用的捧花。於是這一次我不再徘徊在門外了，而大模大樣的走了進去。

「要一束石竹花，」我估量我那朋友的經濟情形，好像自己發了財一樣，用很響亮的聲音向她說，「全白的。」

女店員搖搖頭。

「我們沒有這種花，」她看也沒有看我：「你是說那種像野草一樣的閒花嗎？斜對面那個小店裡或者有。」她的意思是說，她這一家是一個大店。

「你有的，」我平心靜氣地到一束花的旁邊指着說：「就是這個花。——多少錢一束？」

「這是康乃馨（Carnation），全白的要八十塊錢一束，」她依然帶着一種譏笑的口吻：「不是什麼十足花八足花。」

我原諒她的諷刺。因為看樣子我是買不起這麼大價錢的花的，何況她又是外鄉人，看樣子她對國語了解的程度當然也不見得會比我更好一點。同時，我常常在這裏經過，雖然她不能使我感到興趣，但說不定她以為我是故意找個機會跟她接近，這樣的逐客令不是很適當麼？不過我實在是為買花而來的。

「康乃馨就是石竹花，」於是我微笑着向她說：「你說的是外國話，我說的是中國話。石頭的石，竹竿的竹。不過，」我笑着掏出錢來數給她：「我當然會十足付現的。」

她看了看我，有點不好意思起來，就低下頭來給我寫收據。

「不必寫了，」我說：「不過我明天中午來拿，記好：全白的。」然後，我走了出來。

第二天我去拿花。也許是看在錢的份上，希望我以後繼續照顧，也許是她自己感到有點不好意思，總之，她的態度與以前大不相同、充滿了和善的表情。

「早給你預備好了，」她從水瓶裏拔出那束花，用玻璃紙給我包起來：「最好的花朵，沒有一瓣是淡、雜色的。」

我向她笑了一笑，表示同意她的廣告，把花接了過來，轉身就走。

「謝謝光臨，請再光臨。」她在我背後叫着，把我送出店門。

很顯然的，以後我沒有能如她的希望去做。不過，像往日那樣，我免不了仍然要在上下班的時候經過這個花店，並且仍舊難免駐足下來看看。

「今天要什麼花？」下一次我停在那店門口時，她看見我就迎了出來：「剛開放的劍蘭不錯。」

我搖搖頭，聳聳肩，做了一個表示不想買的手勢。

「我們賺不了你多少錢，」她解釋對顧客的態度，同時表示不信任我的話：「而且劍蘭又便宜，又雅緻。」

我沒有回答她的話，笑了一笑，向她點點頭表示告別而走回辦公室來。我想我用不着向她解釋什麼的，譬如說買不起啦，上次是替朋友買而不是自己買了送朋友的啦等等。因為她是在招徠生意，而我不過是做了一次顧客。

幾天以後，我又有機會在這家舖子面前駐足一下。

「不再買一點？」她說：「很奇怪的，你只買一次，而且又是買那樣貴重的花。——我知道啦！」

「你在說什麼？」我有點不懂：「給朋友買一次花，有什麼奇怪？」

「買給女人的？」她又問。

「是啊，」我說：「人家結婚用的。」

「這麼說，你失戀了，」她試探地笑了起來：「她跟別人結了婚，你送她一束康乃馨？」

我聽了就大笑起來，笑得把那水池裏的幾尾金魚嚇得立刻逃進水底。然後，我向她說：「你太可惜，不該在這裏工作的。——這是你的家嗎？」我問她。

她搖搖頭。

「我是雇員。」她不解地問我：「你說什麼？——你說我應該做什麼事？」

「我是說，你適宜於做一個作家，因為你很能想像，」我忍不住又笑了起來：「是不是？」

「我以為是什麼呀，」她也笑着說：「我不過猜錯了，就套這麼大一個圈子來諷刺我，也太大才小用了。跟我們這種人開玩笑，你也犯不上呀。」

我聽得出她這話是善意的，就如同我跟她開玩笑一樣的善意。於是我告訴了她那次買花的實際情形，並且，我們成了朋友。這是說，以後當我經過她店門口的時候，我如站下來看花，則必跟她談一、兩句；我如匆匆而過，則必揚起手來跟她打個招呼。這樣，她知道我就在附近的那個機關混飯吃，我也知道她叫阿英。

阿英是一個國民小學畢業的女孩子，大約十八、九歲。——女孩子的年齡，男孩子們不便問，也用不着問，這是我的揣測——。她長的並不漂亮，說明顯一點，實在不好看。在鮮花店裏工作，似乎與環境不大相配。這是說，按照一般的慣例，鮮花店如有店員，則似乎應有一個漂亮的女孩子，這樣才可稱為「如花似玉」，相得益彰，也可以使鮮花的生意更好一點，正如有的人並不愛花，而是因為喜歡一個女孩子而送她花一樣的道理。同時她對花的常識看起來也不比我這樣一個凡夫俗子高明到哪裏去，這可以從我向她買石竹花這一件事上得到證明。應該這兩件都是「花」家大忌，但她偏偏就是這間花店唯一的女店員。——也許是我上下班的時間不巧，但在我的記憶裏，似乎也從未見過其他的人在店堂裏露過臉。

唯一使我感到她能招徠顧客的理由，大概是她的口才。她雖談不上懂什麼太多的事情，但從我和她的談話裏，我感到她有一份聰明。不過可能因為是成文教育受得不多的關係，而很少有顯露她這一份聰明的機會：因為她有這樣一個毛病，那就是：如果顧客向她要什麼，她才會去週旋，並且設法讓顧客以後再照顧她；但如別人不找她，她也不去理會別人，自顧自看她的小說。

有一天早上，我起床晚了，沒有來得及吃早點。到了辦公室以後，就走出去喝豆漿。我發現花店已開了門，一個女人在跟背對着我的阿英講話。

「叫你不要送上來，你怎麼又忘記了？」那個女人顯然是在責備阿英。

「我看這花很好，你那裏的花瓶又空着，」阿英歉意地說：「我不知道你還是不喜歡……」

「你什麼時候碰見先生的？」那個女人再追問阿英：「他叫你拿上來的？」

「沒有，太太，」阿英惶恐地：「我一直沒有見過先生，——是我自己給你送上去的。」

「我一輩子也不再喜歡花了，聽見沒有？」那個女人幾乎喊了起來：「聽見沒有？」她把手裏一個插着花的花瓶往地下就摔，把花瓶打個粉碎，再用腳踩那摔在旁邊的花朵，把一束好好的紫羅蘭踩了個稀爛。然後，她有點神經質地，帶著哭聲跑上樓去，我聽得出她在使勁的推上房門的聲音。

她消失以後，我才想起她的外貌。在我這一瞬間的印象裏，我發現她有着非常好的輪廓。她大約有三十幾歲，穿着一身紫色的睡衣，拖着一雙繡花的拖鞋，披着長長的頭髮。在年輕的時候——或許就在幾年以前，她一定是很漂亮的，但是現在，她已不能稱為漂亮了。因為她的面容憔悴，眉宇之間隱藏着一種淡淡而抹不掉的哀愁，即使她發了怒，這憔悴也不能化為憤怒。總之，這是朵沒有水分的花，而已在萎謝了。

這時阿英漸漸轉過身來。我怕她難堪。同時想起還沒有吃早點，就趕緊走向那個豆漿攤。我一面喝豆漿，一面想起剛才的情形。這真奇怪。這個女人是誰？

當我喝完豆漿再經過這個花店的時候，阿英已經面向着門外。她看見我經過，向我笑了一笑，舉起手來跟我打了一個招呼。

「今天這麼早開門了，」我裝做第一次經過這裏：「早啊！」

「你早，」她笑着說：「這麼說，你起來的也不晚。」

「要吃飯呀，」我做了個沒辦法的手勢：「你今天為什麼這樣早？」

「送花的來早了，」她好像什麼也沒有發生一樣，依舊平心靜氣的微笑着說：「就早點開門。」

「看樣子你很開心。」我奇怪她的舉止：按照常例，受了別人的氣總不會舒服的。

「我？我沒有什麼事不開心呀，」她又笑着說：「為什麼不能開心？」

我注視了她一下。

「受氣也開心麼？」我低低的向她說：「我看見你受氣了。」

她正色了下來。但一會兒，她又笑了。

「你剛才走過這裡？」她說：「這是常事，她不是責備我。」

「不是責備你？」我奇怪地問：「那她是幹什麼？」

「她責備她自己，——自然我也不好。」

我被她弄得很糊塗。

「這是怎麼說？」我問她：「她是誰？」

「女主人。」她低低的回答。

「女主人？——我沒有聽你提起過麼，」我奇怪地：「她為什麼不喜歡花？」這真是越來越糊塗了：她是花店的主人，而自己卻不喜歡花。

「不喜歡就是不喜歡，這有什麼奇怪？」她詭譎地笑道：「你也不是只買過一次花？」

「這麼說，」我抓住了她的線索：「她至少曾買過一次。至少，可能還多。」

「她可不需要買花。」她說：「……」

「當然，」我自作聰明搶着接上去：「自己就是開花店的……」

「不開花店她也用不着去買。」她打斷我的自以為是。

我恍然大悟起來。

「噢，」我把在旁邊放着的一束花上折下一小朵佩在她的襟上笑着說：「這才是理所當然。——對嗎？」

她點點頭。

「嗯，一個很動人的開始，」我說：「以後呢？」

「她在花堆裏生活。」

「就是這裏？」

「告訴你是花堆麼，」她撿起地上剛才被女主人踩壞的那束花：「這裏不過是一束。——不過，她最後只捧着一束就是了。」

「花團簇錦不要，只要一束，——這束花是金做的？」我又問。

「跟金的差不多：鈔票做的。」

「可是她現在又把它摔掉。」

「因為她摔不掉花瓶。」

「這不是已碎了麼？」我踢着地下的花瓶碎片。

「這是玻璃的，」她摸了摸自己手上的那只假鑽石戒指：「但放她的那個花瓶是契約做的。」

「這更奇怪了，」我詫異地：「那她還要開花店？」

「這是現實問題。她笑着取下她襟上的花朵：「你為什麼每天要上班？——合同的另一方是花匠出身，他要依契約給她吃飯，並且，——並且他又懂得弄花。」

「那麼花匠自己呢？」我問。

「當然也靠賣花吃飯。不過他有好幾個花店，這裏不過是其中之一。」

我感到一陣戰慄。因為我想起了那首虜婦咏裏的「到底不知因色誤，馬前猶自賣胭脂」這兩句話：自身的教訓還不夠嗎？

「那你是怎麼來的？」突然，我替阿英躭憂起來，我文不對題的問她：「為什麼要做這事？別的事不行嗎？」

「我？我考進來的呀，」她高興地回答我的話，一面從帳台的一只抽屜裏找出很多女孩子的二寸半身照片給我看：「說起來很有趣，」她裝着無所謂的樣子，但看得出來她感到很驕傲：「這麼多人來考，只有我考上了。」

我接過那些照片。

「用不用是女主人決定的，」她繼續說：「她待我真好。所以她發脾氣我不生氣，而且也難怪她。——怎麼？」她發現我在一張一張的端詳那些照片，就笑着說：「要找一個漂亮的給你介紹介紹嗎？」

的確，我是在注意這些照片。那些女孩子都差不多在二十歲左右，並且，每一個都相當漂亮，——至少比阿英要漂亮的多。

一瞬間，我從這些照片上得到了答案。我開始對這位只見過一面的不相識的女主人體諒起來。經驗不是沒有用的，她是在默默地做着一件令人安慰的工作。我似乎又看見了她的臉龐。剛才她臉龐上的那種憔悴忽然沒有了，那是被她的內心所放射出來的美所代替了。

「好啊，」於是我不再替阿英躭憂，笑着向她揮手：「要上班了，再見。」

「再見。」

我在她的笑容，與我自己的笑容裏，走出了花店。

——一九五四年三月脫稿

——一九五四年五月，入選「自由中國文藝創作集」，正中書局出版

——選自師範短篇小說集「緣」，二〇〇四年八月文藝生活書房出版

從現在到永恆

認識我的人都說我是一個開始時使人感到不易親近的人，他們說我太重理智而抹煞了人類應有的情感。我對這些批評不願聲辯。在一個人的生活環境裡，很少有人對自己以外更能了解別人一點。簡單的說，除了自己知道自己最清楚以外，別人是不能完全了解你的。在我，我何嘗沒有情感？只是用不着到處迸溢自己的情感。這是說，在某些使我很感動的場合，我的眼淚也會很快的流出的。

這是去年的事，在韓國。

三月，我接到軍部的命令，從漢城調到釜山去服務，在冰天雪地的前線生活了八個月，只經過一些零星的小接觸，其實我在漢城北面前線已經躭膩了。因為每一次在營帳裡見到抓來的俘虜，全部都是心甘情願的來投降的，都用不上我們翻譯兩、三句話，就再也沒有事做了。因此，我很想換一個環境做做，就跟誠之商量，是不是能跟軍團部的卡爾准將說一說，換個地方。誠之是師部的總翻譯官，我們在大學時的老同學，大前年先我而來，因此他的地位比我高，人事也很熟。他看我覺得沒勁，就聽了我的話去替我想辦法。最後，他跑來告訴我說：「看樣子仗是暫時打不起來了，所以前線是到處一樣，卡爾准將告訴我，釜山倒有一個後勤醫院裡需要譯員，工作比這裡多，不過——」他噓了一口氣：「待遇沒有這裡好。」我知道他的意思是說，後方的勤務津貼沒有前線多。不過對我，這是不成問題的，反正我的口袋裡從來也沒有攢過錢，多來多用，少來少用。「這不成問題，」於是我立刻答應了下來：「我去。」

這樣，第二天，我就坐軍用機到了釜山。在臨近美軍後勤部的大樓旁邊，我找到了那間後勤醫院。醫院裡躺着聯合國十六個派兵參戰的會員國家的傷兵們，包括韓國的傷兵在內。我一進門看見這個情形，簡直不知道我在這裡有何用處。但是幾分鐘以後，我就知道我是有用處的，一個嚮導帶我穿過一間間的病房，來到最後一幢活動房屋裡。這裡有十幾位各國的青年男女，有的在低着頭寫字，有的在沉思。嚮導的人把我領到一張已經堆了很多信件的辦公桌旁邊，告訴我說，聯合國方面對於傷兵，除了給他們肉體治療以外，並且也給他們以精神治療。他們有各種書報雜誌看，各種可能的娛樂，以及和他們最親密的家屬親友通信。除此以外，聯合國並且發動了所有的會員國家，請他們國家的公民寄慰問信給他們。傷兵們因此很感動，絕大多數的傷兵們都特別珍惜這份情感，給寫信給他的人們覆信，而需要人把來信譯成那士兵的本國文字，再附上原函來給傷兵們看，傷兵們的信也需要譯成別國文字，連同原函寄給慰問他的人。我的工作是翻譯中國人寄來的慰問信和它的回信。在我來以前，本來有一位中國譯員在此工作，因為合同期滿，他的妻子在臺北生產沒有人照料而不能繼續下去，於是我便接了他的工作。

這是一件很麻煩的工作。中文跟英文之間有的只能意會，不能言傳。並且，許多傷兵都不能自己寫信，而由他們說給護士小姐聽，由護士小姐記錄下來，再轉到我這裡翻成中文的，免不了有點重複或者前言不對後語。而中文的來信，也是各式各樣的都有，還有一些小學生寫來的，熱忱夠了，但語句不按文法，想到哪裡就寫到哪裡，東一句，西一句，着實得費很多腦筋來仔細替它安排到達意而不重複或凌亂的程度。

有一天，我接到服務部轉來一封指名寫給奧納・蔡塞軍曹的中文信，要我譯成英文，裡面還有一張照片，信是這樣的：

親愛的奧納：

我接到你的信，簡直嚇了一跳，因為我既不懂英文，更不認識任何外國人。但拆開一看，我真是高興透了！你們想的真週到，還譯好了中文給我，你真是一個知道我的小寶貝啊！

上月二十日，我那在國中三年級讀書的女兒小真從學校裡回來，帶來學校給學生及其家長的一封公開信，說聯合國希望我們給你們寫信。小真寫了一封，第二天告訴我要帶到學校去，我說我也寫了一封，給我一道帶去吧。我的女兒奇怪的看着我，我知道她的意思是說我真傻，這種等因奉此的運動為什麼我竟也認真起來了。但是奧納，我為什麼不寫呢？我的丈夫前年為抵抗侵略而死，如今你們和小真的爸爸在做着同樣的事情，那是為了我們大家，我為什麼不寫信表示我的敬意呢？至於我告訴你說小真以為我傻的事，你不要生氣。事實上她比我還掛念你們。她之所以這樣看我，那是因為中國傳統的態度是，成了家，有了兒女的中年以上的女人，從不被家庭以外的事所牽動的。所以她是在關心我，而不是漠視你。告訴你，今天她放學回來看見你的信時，比我更高興呢！

你的照片真英俊，恕我這樣說：這跟國棟——我的大兒子——從軍官學校寄回來的簡直一模一樣。說真的，你不說要認我做義母，我也正想要你這個乾兒子呢，我有你這樣一個兒子多光榮啊，你就叫我母親吧！

這裡，我也寄給你一張照片。在右面站着的，那是小真，你看她那頑皮的樣子，其實是你的一個好妹妹。在左邊的，就是國棟，你看他們像不像你？他明年夏天就要畢業了。中間坐着的，你當然會知道就是我。奧納，雖然我五十三歲了，但還每天自己煮飯，替小真洗衣服，天保佑還健旺的很。但他們一定要我坐着，我就坐着照一張吧。那後面就是我們的家。在臺北，差不多每一個家庭都是這樣一幢日本式的榻榻米小平房，每年颱風太多，我們也沒有錢儘修理竹籬笆，你看都快倒了。真的，奧納，你媽媽的家現在不是一個富裕的家。以前，媽媽家裡可不是這樣的，可是都給他們搶去了，還談什麼呢？你不嫌有這麼一個寒傖的媽媽麼？

你的病很快就會好的，不要胡思亂想。等你好了，或者有休假的時間了，就來我這裡，我雖然沒有物質上的好享受給你，但我會使你在吃飽穿暖之餘，喜歡你媽媽這一家的。我們會給你溫暖、恬靜，以及你需要的一切愉快。唯一希望你的，就是安心靜養，看起來你不太聽醫生跟護士的話呢，你不要任性，我的奧納！

小真要去上學了，這封信得叫她帶去發，你知道我是不太出門的，何況小真還有幾雙襪子要我補。所以我下次再寫吧。

希望讀到你的信，希望你早日康復。我們一家都在準備歡迎你。

你的媽媽××

我為這封充滿慈愛的信所感動了。我忍住了即將流出的眼淚，才把它譯完交護士送給蔡塞軍曹。

然而，眼淚是忍不住的。三天以後，我終於流出更多的眼淚來譯另一封信。

親愛的媽媽：

我終於聽見了您的話，那是史密絲小姐讀給我聽的。媽媽，讓我再叫你一聲：因為我終於有一個媽媽了。

到了現在，我必須要告訴您了，就是我雖然是美國人，但卻是一個孤兒，從小就在辛辛那提的孤兒院長大，不知道媽媽是誰。而今天，我終於有了您——我的媽媽——了。說什麼窮，媽媽與窮有什麼關係呢？

不過，我恐怕不能去臺灣看您跟親愛的兄妹們了，因為——因為我已不能再去了。雖然醫生跟護士小姐都安慰我。但是媽媽，在從軍以前，我是新澤西大學的一個醫科學生，我清楚地知道自己的病況。對我自己，我對這不感到難受。在爭取自由的過程裡，當然需要代價：我毫無遺憾。奧納（Honor）永遠是能保持榮譽（Honor）的。何況從現在起，我終於永遠的有了您這樣一個令天下兒女都感動得為之流淚的母親呢？——我現在是流淚了，媽：一個男孩子竟哭了，您不笑話我嗎？

請轉向國棟哥哥與小真致意。永別了，媽媽……

奧納，你的兒子。

奧納・蔡塞軍曹於昨晚病逝。他逝世前流淚口授上面的信。叫我記錄下來寄出的。軍醫院護士安妮・史密絲附註。

——一九五四年五月十四日，聯合報副刊
——一九五四年十一月，入選「十人小說選集」，經緯書局出版
——一九八一年十月，入選「聯副三十年文學大系」，聯合報出版
——選自師範短篇小說集「與我同在」新版，二〇〇四年八月文藝生活書房出版

歸來

第五十七次慢車進了站。那不但是車慢，連人們走下來也是慢吞吞的。

那不算奇怪。這是說，如果你知道這裡不過是一個小鎮，而且又是這條鄉村鐵道的終點的話，那你或者會感覺到他們用這種速度下車都還嫌太快一點。實際上，多少年以來，這裡的人們已經習慣於一種近乎遲鈍的，對任何事都安之若素的生活。平靜，是這個近乎鄉村的小鎮特有性格。

不但一般的人們這樣，連檢票員蘇清河也是一樣。幾乎要等到那第一個下車的小腳老太太蹣跚了很久快到達檢票口的時候，蘇清河才打了一個呵欠從站房裡走出來，踱到檢票口去，而不得不使那位老太太在那檢票口等着他的來到。然後，他開了鎖，把門打開，一面打着呵欠，一面沒精打采的跟每一個走過去的人打着招呼：「老伯，回來啦？」、「大嬸進城去了？」或者問候他們。小鎮人不多，不但蘇清河因為檢票而完全熟識，實際上，任何一個在小鎮居住的人，幾乎都互相認識的。

四、五分鐘以後，月臺上已經沒有人了。於是他打完最後一個呵欠，準備鎖門，再回到他的黑甜鄉去。

就在這時候，有一個青年低着頭，從那看起來已經不會再有人在裡面的，那節小小的代用車廂裡，用更慢的步伐走了下來。他穿了一件淡藍顏色的襯衣，一條深藍色的帆布長褲。他的腳上拖着一雙高統的黃色皮鞋，那鞋頭上一塊塊的白色，顯示這雙鞋已穿了很久，而沒有上過油。在他稍亂的頭髮底下，隱約可以看到一張略嫌蒼白，但仍不失為健康的臉龐。大概是他的眼睛裡正放射着一種莫知所從的光芒，而促使他的嘴唇緊閉着，也促使他的腳步舉起遲疑，而放下得更遲疑。

他遲疑着，遲疑着，向檢票口走去。那種緩慢的速度，使一向緩慢慣了的蘇清河也感到不耐煩起來。

「喂！」檢票員終於忍不住了：「你快一點好嗎？」

那個青年被他這一叫，驚了一下，抬起頭來。

「嗨，我——」蘇清河這回可是真的叫了起來，「我說你不是大寶——呃，杜文耀嗎？」

青年平靜了下來，定了定神，看清楚了對方是誰，

「啊，是蘇大哥，」他微笑着走向檢票口：「您還在這裡！您這一向好？——倒還認識我啊！」

「怎會不認識？」蘇清河滿意地笑了起來：「可不是，你離開這裡——」突然，蘇清河想起了什麼事而收斂了自己的笑聲說：「呃，你是有四、五年沒回來了吧？」

青年感覺到了對方的感覺。於是他臉上的笑容也跟着立刻消失了。

「嗯，可不是已經五年了嗎？」然後，他像要跟對方解釋什麼，注視着對方的臉說：

「蘇大哥，我……」

「快把票給我吧，」蘇清河不等他講完就搶着接了下去：「馬上又有車子要來，我現在沒功夫跟你聊天。」說着，他沉着臉，拿過對方手裡的車票回頭向站房裡走去，那步伐顯然比剛才來檢票口時快得多。

年輕的旅客像被人打了一記悶棍一樣，呆立在檢票口。好幾秒鐘以後，他像才恢復了知覺一樣，默默的走出了車站。

他的心裡有着起伏不定的思潮。可不是，五年了。五年的時間，對杜文耀來說，不算太短。五年的時間，對杜文耀來說，有着萬千的感慨，也有說不盡的滄桑。五年以前，他還只有十八歲。想起那可怕的歲月，那可怕的日子，——啊，這太可怕！

「喂，讓開些，車子來啦！」突然，他被前面的叫聲，驚退了他的思潮。抬起頭來，他才發覺他已經走到馬路的中央來了，並且已經離開車站有一段路。他怎麼往這條路上走來的？他自己也不知道。在他的面前不到二、三步的地方，有一輛牛車正對着他走來。他知道那叫聲就是從這車子上發出來的。他退到路邊上去，然後看了看在車上坐着的人。

「啊，是簡老伯！」杜文耀喊了起來。

「你——喝，你是大寶！」牛車的老者在遲疑了一下以後也喊了起來：「很久沒看見你啦！」

「我是剛回來，簡老伯，」杜文耀停下了腳步：「您這一向好嗎？」

「嗯，還是這樣子，馬馬虎虎。」簡老伯喝住了進行中的那頭大水牛笑着說：「我說你可長高了啊！那年我看到你，不過這樣高哪！」他用手裡的鞭子在車上比了一下：「已經五、六年啦！你今年是廿幾了啊？」

「二十三。」杜文耀的臉上顯出了光彩。

「可不是嗎？」簡老頭的臉上也掛上了笑容：「五、六年不見啦，現在是在哪兒做事啊？」

杜文耀搖搖頭，向牛車走近過去。

「還沒有找到事。」他懇切地向牛車上的人說：「簡老伯，你家還在收成吧？我替你踩收稻機好嗎？我是剛出來。」

「你說什麼？」

簡老頭顯然有點不明白杜文耀的話。

「你認識月蓮吧？」杜文耀囁嚅著說：「就為了這我才進城去。」

「啊！就是你呀？」簡老頭收回了他那善意的笑容：「你的學名就是杜文耀？」他馬上坐正了他的身子，把鞭子揚了一揚，那牛車就開始走動了：「不，我家已收割好了，」他一邊搖頭，一邊看也不看杜文耀一眼的說：「我不要幫工的。」

杜文耀呆立在路邊，目送簡老頭跟他的牛車往前走去，漸漸消失。他茫然的在那裡站了好久，才回過頭來，漫無目的的向前走去。

這不能怪他們。自從那個可怕的日子開始，他便受盡了不加辨別的輿論的指責，而終於被不容分辯的送進了城，在那個黑暗的囚房裡耗了他五年寶貴而旺盛的青春。對於小鎮而言，每一個熟識他，或者是認識他的人，都知道他是為什麼被送進城去的。雖然他們所知道的「為什麼」與實際的「為什麼」有點不同，但人眾所知道的「為什麼」，卻是被公認的了，不容置疑。他們公認他們所知道的「為什麼」是準確的，因此，他們公認杜文耀應該進城坐牢，而法官也順從了公意。因此現在，即使五年以前的杜文耀並未受了委曲，他們也不管五年以後的杜文耀是否已改正自己，而對他另眼相看。對小鎮的人們而言，杜文耀——或是大寶——這幾個字的本身就代表着一種意義：罪惡。如同所有小鎮的人們一樣，他們害怕罪惡，更怕與罪惡的人接近。

因此他不恨他們。他恨他自己。他記得在國民學校的時候，老師曾經給他們說過一則伊索寓言裡的故事：牧童與狼。那牧童平常老是說謊，到真的狼來了而他叫起來的時候，鄉人們卻不再信任他了，而終於給狼吃掉。對杜文耀而言，這是一個天大的諷刺。從國民學校畢業以後，家裡既沒有能力給他繼續升學，而他自己也不大想讀書。他與同班的幾個都沒有升學的同學們，幾乎整天廝混在一起，遊手好閒。他既沒有嘗到人生的痛苦，自然也不知道生活的意義。他既沒有去過外地任何縣市，自然也不知道世界之大。在他看來，像他這樣的在小鎮上東走走、西逛逛，不斷的學習到新的調皮的生活，就是最有意義的生活。於是，他就這樣有意義的過下去。

在這種生活中間，他們了解了一種更有意義的生活：吃。不管怎麼玩，不管哪一天，吃，總是必須的。而且，吃好的，也被他們所認識了。但他的家既窮，同伴的家也差不多。沒有錢，什麼事也辦不了，打撞球辦不了，賭博辦不了，吃東西更辦不了。

他們得找些錢來，或者找些東西來吃。

起先是找些東西來吃。梁家的母雞剛不見，李家的鴨子又失蹤了，何老頭田裡的蕃茄前晚剛丟了一些，張家老太婆種的西瓜又失去了三個。

時間久了，原因總要發現的。有一天他們偷鵝，想不到那只鵝沒命的叫了起來，也叫醒了身強力壯的主人。沒有逃得了，被抓住了。仔細一看，就是鎮上熟人的孩子們，沒好意思怎麼樣，教訓了一頓放走了，好心的主人也沒張揚出去。然後，有一段時間的平靜。但這平靜維持不了多久。不久以後，他們又「不得不」做起手腳來，但第二次被抓到時，那物主可不像第一次的那個物主容易對付了。他們被送進了小鎮的警察派出所，備了案，捺了指印才給保出來。

但這不能保證他們不再犯案，因為他們仍要玩，仍要吃。他們到處「賒帳」，只要能「賒」。他們到處「設法」。許多辦法都想盡了，現在他們擺起玩三張紙牌的賭攤來。每一次他們都得心應手，但有一次他們碰了壁，給人家抓住了是作弊。人愈鬨愈多，終於又被請進了派出所：弄來的錢全部吐出來，還得在派出所裡陪上一夜，因為他們有了前科，保釋比較嚕囌，鄰居們不屑再保，家長們也願他們受點教訓。

但這樣以後，他們反而不再怕進派出所了。進派出所，不過關幾天，而且也不會餓肚子。出來以後，還不是跟進去以前一樣？這樣，他們進進出出於派出所，自己也記不清有多少次了，也不知捺下了多少的指印。他們知道在法律上而言，他們尚未成年，所以儘管怎麼樣犯，他們總不會有什麼大事情的，因為他們還小。

但實際上他們已漸漸長大了，現在，他們開始了另一個新的興趣：女人。耳聞目睹，以及心理、生理的轉變，這是一個很合理的題目。他們釘梢、吹口哨、吃她們豆腐，以及一種下意識的衝動，而對她們貪婪的注視。

這樣，他們浪費着，浪費着。他們浪費着時間，浪費着精神，也浪費着不容易「掙」來的金錢。他們對這種無目的的生活覺得有點無聊，但又不願與它告別。因為他們感覺到一旦與這種生活告別時，他們便更沒有事可做了。

但是有一天，杜文耀覺得可以告別了，也因為這一天，才使他坐了五年牢。那天他一個人先到撞球場，時間還早，同伴們還沒有來，連其他的撞球客人也還一個都沒有，那個平常被他吃豆腐慣了的，但是他們並無興趣的計分小姐在低着頭看連環圖畫。他剛要拿起桿子去打球，有一個女孩子跑進來找計分小姐。他看到了進來的這個女孩子的臉，於是他放下桿子走過去。

「啊，這樣漂亮的小姐！金花。」他叫着那個計分小姐：「她是不是新來的？你也不給我介紹介紹。」

「你別瞎扯了，」金花拉着那個陌生小姐的手：「人家呂小姐才不做這種下等事呢！你連人家戲院老闆的小姐，都不認識呀？不過也難怪，人家是不大輕易出來的呀。你要認識？這還不容易！我馬上給你介紹：這是呂小姐，黃金戲院老闆的小姐；這是杜文耀，呃，小流氓！」

「你少給我罵人，」杜文耀轉臉向戲院小姐嘻皮笑臉的道：「可不是，我說我怎麼就從來沒見過呂小姐麼！真漂亮！啊，請我看你們自己家裡的電影怎麼樣？」

戲院小姐先是沒有答理。後來，她仔細看了看他的臉，平靜地說：

「都這樣大一個人了，還鎮天胡鬧，自己想想，這有什麼意思？」

杜文耀料不到有人會教訓他，而且又是這樣一個比他還年輕的女人！幾年以來，他已對這小鎮上任何人的教訓不再「買帳」，因為他們對他不友善：包括他自己的父母在內。現在居然有人來教訓他，他第一個反應真是氣極了。但隨即他的氣又平了一點，因為對方的態度很友善。實際上她的語氣沒有一點教訓他的意思。只是他自己聽起來有點刺耳罷了。檢討一下這些日子以來，有誰還願意跟他講這些話？正如同金花所說的一樣，他們已把他看成了一個「小流氓」，而實際上也是。在這小鎮，他已沒有一個親人，沒有一個朋友。他已失去了一切，包括他的靈魂在內。而現在，有一個人使他的靈魂回來了，她應該是他的朋友，他也渴望自己有這樣的一個朋友。

於是他聽從了她的話：他不願再胡鬧了。他開始擺脫那些「小流氓」朋友，當然不是一下子就能夠，這得慢慢來。他開始與戲院小姐接近，而她也願意，因為她覺得杜文耀變好了，而如果杜文耀能變好則是個理想的男友的想法，是她所一向想像着的。如今她的想法變成了事實，那個年輕英俊心地良善的男人，她為什麼會不願意與他交往？

但這事不久就被她的父親所知道了，而勒令她的女兒停止再與這個小流氓往來。少女的內心不願，鄉村的禮教又不能向她的父親提出抗議，於是她只好保持沉默，而仍偷偷的與他來往，並且如同一般少年男女一樣的，終於在愛的里程上豎起了一個紀念碑。這下子戲院老闆怒極了，立刻告到法院，說是杜文耀強姦他的女兒。杜文耀本來在小鎮聲名狼籍，「改好」是自己的事，而且「改好」又不像「學壞」那樣使別人家喻戶曉。戲院小姐的品德又是為人所稱道——因為小鎮的人們實在難得見到她——再加上戲院老闆在當地的名望與勢力，鄰居們眾口一詞的指證，杜文耀自己啞巴吃黃蓮，終於被判了五年的徒刑。

這應證了伊索寓言上「牧童與狼」的故事：名聲壞了，再改好也不會有人相信了：即使在入獄前他全是壞的，但難道五年的反省還不夠他改好，甚至有改好的想法嗎？他不相信所有小鎮的人們會對他這樣，他相信他自己，因為他自己的確已經改了。不但已經改了，而且改了很多，甚至改得連他自己也不敢相信。五年！時間能改變一個人，他承認了這句話。而且無論如何，即使小鎮的人們遺棄了他，他可不能遺棄家啊！他必須要回家看一看他的雙親，那為了他吃盡千辛萬苦的老人們啊。於是，他繼續走進小鎮。

現在，他走近那家撞球場了。他幾乎不敢走過去。要不是為了回家他必須走過去，他真不想走過去。這裡給了他太多的快樂，也給了他無限的傷心。人，還是不要愛的好。如果必須要愛，那也是簡單一點的好。

撞球場早已關了門，現在已變成了一個冰店。他停步下來，向裡面望去。倒不是想吃冰，而是一種憑弔的心情。時間變了，空間也變了。那撞球臺呢？計分女郎呢？還有，使他既愛極又恨極的戲院小姐呢？從這裡開始，開始了他的愛，也從這裡開始，開始了他的牢獄生活。從這裡開始，他有了轉變，也從這裡開始，他不再能見她的面。

「吃什麼冰？請進來坐！」

冰店的伙計叫了，也叫斷了他的遐思。吃冰！打死他，他也不會在這家冰店吃冰了。於是他慌亂地搖着頭。但搖頭不能解釋他為何在此呆呆的站着的原因，他覺得他該用言語來說明他為何既站着又不進去。

「等一下來吃。」他訥訥地回答着，一面轉過身子就走。但是，走也脫不了他該受的刑罰。

「嗳，那不是大寶嗎？」他聽見背後冰店裡有人在用自以為低低的，但仍為別人聽到的聲音說：「那個跟黃金戲院老闆的女兒……」

「啊！就是他啊？」另一個人回答：「可不是！他什麼時候回來的？」

「這下子鎮上又該有好戲看了……」

杜文耀像是逃走一樣的匆匆的向前衝去。那些話像是一把把利刃刺進了他的心。他不願怪別人，但他實在委曲！他委曲啊！他必須逃開！

他低着頭很快的走着，走着，又走着。走過了一條街，他才稍微平靜了一點，然後，一秒鐘，一秒鐘的過去，他完全平靜了下來，他的自信心又漸漸恢復了。那些坐在冰店閒話的人，絕不能代表所有小鎮的人們，他們只是閒得無聊，找些事來閒磕牙兒。事情總是有一條正義線的。以往的錯不能否定現在的正。

他是做正了才回來的。於是，他重又抬起頭來。

現在，他看清楚自己是在什麼地方了。他剛走過戲院。拐彎過去，就是菜場了。他想起了在那菜場裡虛耗了的歲月裡，在這菜場的角上跟那些「弟兄」們，用那三張紙牌騙了多少來買菜的人的錢，不三不四的吃過多少少女的豆腐。在那門口的飯館裡，大吵大鬧過多少回！他想到這些事，就對自己的過去厭惡起來。他要讓它們永遠成為過去，他已有把握讓這些荒唐的日子永不再來。

他注視着進進出出於菜場的人們，想着，想着。忽然，他聽見一個孩子的哭聲。他向發出哭聲的地方看過去，他看見在他的左前方，有一個小孩子因為摔了一跤而大哭起來。他本能的趕上一步把那個孩子扶起來，並且拍了幾下安慰他。孩子的母親本來在前面走着，當她聽見了孩子的哭聲回過頭來而發現有人替她扶了起來時，她也就本能地笑着感激地道謝。

「謝謝你，」然後母親低下頭教孩子：「謝謝這位伯伯。」

「那裡，」杜文耀靦腆地微笑了起來：「不要謝的。」然後，他親善地，摸摸孩子的頭。

孩子的母親抬起了頭，看清楚了對方的臉。

「啊，你是——你是大寶……」

「梁嫂！」其實杜文耀早已看清了她是誰。他怕別人對他不友善，所以一直沒有叫她。現在梁嫂開口了，而她的表情又這樣的感激，他覺得他的想法不錯：小鎮的人們不會每一個都仇視他的，於是他沒等梁嫂說下去，他便很高興的叫了對方。

「唔，謝謝你！」突然，梁嫂說話的音調變了。她的臉色也沉了下來，嚴肅的轉對她的孩子說：「狗仔，回家了，快走！」然後她轉過臉去，拉着孩子頭也不回的走了。

杜文耀這回可真的感到意外了，同時也真的明白了，真的相信了。從他今天一踏上這小鎮的土地以來，短短的十幾分鐘內，接二連三的體會得來的經驗告訴他的事，他還不十分相信，但現在，他不得不相信了成見可以改變事實。他不相信蘇清河與簡老頭的成見是對的，也仍不相信梁嫂是對的，但他不得不相信自己是錯了。他並不懷疑自己替別人做一點事，幫助人一點事絕對不是罪惡，但他不得不相信，在小鎮的人們看來，他對的也是錯的。

他明白了。他明白了自己。也更明白了這小鎮。或者說，他明白了這個社會。誰叫你曾錯過呢？「曾經」，對這個社會而言，便是「永遠」。

他明白了。本來他想無論如何該回家一趟，但他現在想想還是暫時不要回家的好。見了父母，以後又怎麼樣呢？於是他像睡得正濃時而突然被驚醒似的，轉身就走。他走到郵局，買了一張明信片，匆匆的寫了幾個字。

爸爸：我出來了。過幾天再寫信給您。大寶。

他流着淚寫着，流着淚把明信片投進了郵筒。然後，流着淚向車站走去。

在車上，他想到了很多事，他也想起了那首古詩上的話：「未老莫還鄉，還鄉須斷腸」。——那是在監獄裡的時候，感化院的那位老師教給他們的。在裡面的時候，他從那裡學了不少，也懂了不少，但是他不大了解這兩句話的意義。現在他仍然不大懂，但比這次回來以前，他可懂得多了。

——一九五六年六月於溪州

——一九五六年七月十六日、八月一日，豐年半月刊六卷十四、十五期

——選自師範短篇小說集「苦旱・燃燒的小鎮」，二〇〇四年八月文藝生活書房出版

停電

雨，在一陣大一陣小的下着，打下午起，就沒停過。

黃金戲院今天演的是「詹典嫂告御狀」。那廣告從月初就做起，每天雇了輛三輪車在街上及附近的村子裏來回走着，用擴音器到處叫着，到今天上演時，果然賣了個滿座——那是黃金戲院少有的盛況。平常，了不起賣個六、七成座已經是很好的了。

售票口賣票的女郎繼續賣票，收票的胖女人把腳蹺起在板凳上繼續收票。電影宣傳已久，外面又在下雨，把那些原先只是在門口看看廣告而觀望着的人們，也趕了進去。

胖女人咧開大嘴巴露出了金牙，笑着而又笑着，收票而又收票。

因為早坐滿人，後來的只好在後面站着。「第一場很快就要散場啦，在後面站一忽兒就行，不然到時候又沒有位子啦！」她向門口拿了票欲進又止的觀眾們發出最後通牒，他們把票遞了過來，擠進去，而裏面還沒有開演。「幹！」一個剛進場的觀眾覺得受了騙，回頭跟他的同伴發牢騷。

「算了，就站一會兒吧，等一下真的擠不進來的。」同伴回答，把發牢騷的那個想要說的後半截話給堵了回去。

他們開始安靜的站在後面，後面的人也繼續不斷的增加着。

一些坐着的人們回過頭來看看後面站着的人們，顯然有點得意。

「怎麼樣？虧得我說早點來吧？」坐在右邊後排的一個中年漢子向他旁邊的一個女人——那顯然的是他的妻子——說：「還說『還早』，要是現在來的話，嘿！……」

那個女人沒有說話。但沉默了一下以後，她終於有話說了：「看你！當心碰到我的裙子。」那中年漢子手上提了條鹹魚，是剛才來看戲時在門口那個雜貨店順便買的，怕雨下不停，省得明天在雨裏再忙買吃飯的菜。於是他把它稍動了一下。

左邊前排，有兩個在縣城讀書的高中學生，一個拿出英文書來看，一個在看大代數，在他們的旁邊後面，坐的都是附近村子裏的農夫們。

「現在的學生真是了不起呀，讀外國書，將來到外國去，嘖嘖嘖……」一個輕輕的在稱羨。

「還有許多密碼記號呢，」另一個用嘴呶呶那個看大代數的：「你看他們臂上那個玩意兒，又不曉得是什麼名堂。」那兩個學生聽見了，彼此看了一眼笑了一笑。

在中間這一圍的中間，坐着一個三十幾歲的男人。他穿了一件白竹布的半新不舊的香港衫，一條黃卡其布褲。腳上多半是一雙半高統套鞋，因為是晚上，燈光又弱，黑黝黝的，大概是雙膠鞋。

他叫何全貴，是福興水果店的老闆，在這裡坐了大約已有半個鐘點，當他進來的時候，戲院裏還空得很，他因為眼睛不大好，出來時就早一點，要佔個好位子的。他跟老婆講了是要來看電影的，家裏沒有人，要照顧孩子，又要招呼顧客，他們夫婦兩人只好分着看，今天你來，明天她來。同時今天下雨，顧客也一定會少些——甚至沒有，所以今天先來看比較合適。

為了消磨這等待的半個多鐘頭起見，他帶了一本《七俠五義》來看，當然還有一副眼鏡。在家，他是不戴眼鏡的，但看戲，還是戴眼鏡的好。何況還要看那本《七俠五義》。

他坐定下來以後，就戴上眼鏡來看他的小說，他沒有分心去看週遭逐漸增多的人羣，即使連旁邊位子上來了個什麼樣的人，他也沒有抬起頭來看一眼。因為他不需要。在電影開映以前他最感興趣的是《七俠五義》。在店裏，他是難得有這份閒情的。整天只是不停的工作，每天起早身，去批發水果回來、整理、計算成本、零賣、老婆沒有完的嘮叨、沒有完的小孩子的吵鬧，以及種種使他心煩的事。——他的老婆只是使他心煩，沒有一次體諒過他——即使一次也沒有。而現在，「偷得浮生半日閒」，他有半小時以上的自由——的確是自由嘛！自由的呼吸，自由的想，自由的看書，看他喜歡看的《七俠五義》，他為什麼不要看？為什麼要把自己不容易得來的自由處地的時間去浪費？當然看書，當然不要浪費不容易得來的自由！雖然他的感覺上知道旁邊的座位上來了人，前後左右都坐了人，他感到今天是滿座了，但仍未使他放下

《七俠五義》。

忽然，電燈熄滅了，像破嗓子吵着的音樂也嘎然而止了。他的眼前一片黑暗，使他不得不放下他的小說。接着，銀幕上出現了幾個字：「國歌，全體肅立」，他也在大家站起來的聲音中站了起來。再接着，國歌唱完了，坐下，正片開始了。

整個的院子裏現在開始緊張了。大家幾乎是摒住了呼吸，張開了嘴，在全神貫注看銀幕上每一個情節與動作。電影，原是娛樂，鬆弛你整日為工作而緊張的神經的，但到了大家有興趣的電影時，你卻為它而緊張了。

緊張着，緊張着，整個的場子裏在緊張着，而忘記了戲院外面。在外面，現在是大雷雨又已來到，風聲、雨聲、雷聲，一陣響似一陣，一聲響似一聲。

突然，一個極亮極亮的閃電，剎那間亮遍了整個小鎮，而也在這剎那間整個的小鎮停電了，不知是電力公司怕損壞電器而先關上了呢，還是真的被閃電把變壓器打壞了呢，總之，小鎮停電了。

電影院裏正演到緊要關頭，突然電影斷了，觀眾幾乎是眾口一詞的嚷了起來。起先無非是罵電影機的蹩腳，或是影片的陳舊，還有一些浪子的口哨與不堪入耳的辱罵。到後來轉輾傳說整個小鎮停了電，大家才想起了今天已下了半天的雨沒停，再等了一下才想起剛才那聲驚天動地的巨雷。

何全貴不能看電影，也不能看他的《七俠五義》。戲院裏先是一片漆黑，伸手不見五指，現在雖然因為眼球的適應而稍稍亮了點兒，但離能看七俠五義還差得遠。於是，他伸了個懶腰，很隨便的看了看他的前後左右。

現在戲院為了誘透空氣起見，把邊門也稍稍打開了些，正好有一線天光照在他這一排上。他的前後左右都沒有什麼熟人，——不，右邊有一個。在他的右邊，坐了一個女人，她叫陳玲子，是公路口那家藥房的大女兒，他跟她不怎麼熟，不過是同鎮的人，大家總是知道的。因此當他看清楚的確是藥房的女兒時，他便向她打了個招呼。

「哎，陳小姐，」他叫她：「你也來看戲？」

玲子原先是低着頭。她早在進場時就看見何全貴了，但因為何全貴在心不二用地看他的《七俠五義》，她也就沒打招呼，而且事實上也不太熟悉。現在何全貴叫了她，她起先倒是一驚，後來抬頭看見何全貴叫她時，她也就笑了一笑。

「哎，何老闆，」她說：「看電影。」

「你媽媽呢？」

「不，我一個人來的。」

「我說像你嘛，」何全貴笑了起來：「我竟一直沒有看見。」

「我可早看見你了，」玲子也笑了起來：「你在用功看書嘛，我也不便打擾你。——怎麼，太太呢？」

「她沒來。我們兩個人只能一個一個來看啊！」他先笑着，突然停止了笑：「唉——」嘆了一口氣。

玲子沉默了下來。她找不出什麼話來接上何全貴嘆的這口氣。她也許能猜着一點，但可不一定是的。而且，她跟他中間這麼陌生——因為不太熟，就變成陌生——，也不該隨便猜測別人為什麼嘆氣，人總是有嘆氣的權利的呀，既然他已嘆了出來。

何況自己也該嘆氣才是。

玲子今年已經二十五歲了，可還沒有出嫁，從她的名字上就可以看出，在日本人佔領台灣那些年頭裏，玲子就開始有了點也許是不得不然的日本化，連個名字也跟着日本人用什麼子什麼子，而用了個「玲子」兩個字。父親是醫生，母親是藥劑師，這樣的配偶是再好也沒有的了。於是一間診所帶開了一爿藥房，也是再自然不過的了。

在小鎮上，一共只有這一個診所，也一共只有這一間藥房，絕無僅有，加上像滾雪團似的錢，陳玲子的父母也就很自然的與鄉公所的鄉長、派出所的巡官，以及黃金戲院的老闆等人成為地方上的「人物」，別的人全是靠勢而成，唯有他們是靠科學的頭腦與金錢而成。在他們自己看來，他們是永不倒的人物，別的人全說不定。

玲子在這個環境裏長大。小學畢業了，去外縣進中學。中學畢業了，那是七、八年前的事了，台灣才光復兩年，大學只有一所，既不容易考，而且在父母們看來，女兒大了，反正要出嫁，不考也罷。就這樣，玲子在中學畢了業就回來了，回到這小鎮的家來了。

在學校，她是好學生，在家裏，她是個好女兒。父母叫她幫着管家，幫着照料店面，她都做了，並且做得很好。親鄰都稱讚她好，能幹，因此，她必須讓自己裝做若無其事，然後做得比以前更好、更能幹。她並不十分漂亮，但她也不難看，要說出嫁，嫁個丈夫總是嫁得到的。

父母們忙着他們的業務、社交、與應酬，沒時間多為女兒操點心。他們也曾想到過女兒的終身大事，也曾留意過。但他們太忙，而且，父母們也感覺到她雖不太漂亮，但也絕不難看。要說出嫁，再加上他們的門第，嫁個丈夫——嫁個有點基礎的好丈夫總是沒有問題的。

就這樣，玲子幫着家忙這忙那，就沒能為自己忙上些什麼。她今年二十五歲了，照樣為家忙着，但是她不快樂。她們家裏，她的親鄰，甚至她自己，都是些善良的人，但她不只願做個「善良」的人。

但她想壞也不可能。

她自己也該嘆氣呀，怎能叫別人不歎氣？

「整天忙這忙那，不知道在忙些什麼。」何全貴又開口了：「要說是忙賺錢，也不知道為誰。」

「現在生活是不容易，」玲子接了下去：「還不是看起來很好，實際上也不過糊口過去。」

何全貴知道她是說做生意。他知道她現在幫着父母料理店務，實際上也就是她在主持。做生意的人見了面總是要嘆苦經的。但何全貴要說的話卻不是這個問題。

「唉，你不知道我家的事，」何全貴說：「也不只是忙吃飯的問題。」

玲子怔了一下。小鎮上每家總有點事落在別人嘴裏。她是知道一點何全貴家裏的事的。奇怪。難道他要告訴她——一個不太熟的人一些什麼事麼？

「怎麼？有什麼事？」

於是玲子故意裝做不懂似地：「你這個家，還有哪一樣不如意？」她在想，家裏跟親鄰一向把她當做好人，要她做「好人」。現在假如有機會的話，她就要做做他們心目中的壞人來給他們看看！

何全貴側過臉來看她。他覺得她不怎麼漂亮，可絕不難看。在這個幽黯的微光裏，他可以看到她的脖子皮膚很白，而且細膩。她的身段也不討厭，衣着很合適，到底不像一個純粹的鄉下姑娘，——他知道她去過縣城，讀過中學。他自己以前也讀過日本人時代的高等學校的，差一年沒畢業就沒再去唸就是了。她的談吐大方而不俗，在這幽黯的環境裏，一種積怨在外洩，一種情感在滋長。而且是幾何級數的、迅速的、不十分正常的在外洩，在滋長。

「你不知道——唉，」然後他又嘆了一口氣說：「我太太一點也不體諒我。」

她猜對了！看看他還要做什麼？她也不反對。

「每家總有一本難念的經。」玲子接了他的話：「不過奇怪，你孩子也幾個了，怎麼現在才……」

「說媒時我就不贊成。」他轉而用一種近乎真理的話向玲子說：「可是你知道，一個人就是這樣，當初她年輕、漂亮，我也年輕，年輕人懂什麼，就只知道……」

何全貴頓了一頓，玲子沒接下去。

「誰知道她結婚以後完全不是那麼一回事！」他繼續說下去：「這句話我不該說，但說給你聽不要緊：一個人受教育太少到底是不行的。——她只讀了兩年國民學校！」

「那倒也不見得。讀到大學畢業又怎樣？女人讀書都是騙自己的，你也不必看重那一點。」她想到了自己在光復初期就中學畢了業，現在又怎麼樣？還不只是做了個「好人」而已？她有點傷心，為她自己傷心。

何全貴以為玲子是在反駁他，倒一時接不上話來。最後，他又嘆了口氣。

「你不知道，唉，」他再嘆一口氣：「我說你不知道麼！」

玲子覺得有點抱歉，她不是駁他，也不是責備他。她只是責備自己而已。

「我知道，」於是她趕緊說：「我知道，我只是說女人讀了書也不見得有什麼大用處，像我。」

她抬起頭來。在這一瞬間，她接觸到了他的目光，他也找到了她的。一種並不正常的，畸形的情感——也許僅僅因為是停電的緣故，他們又坐在一起，並且那樣的幽黯——在發展着，發展着。

他開始跟她說更多的話。家裡的、孩子的、太太的、水果行的，以及自己的學歷、經歷——從水果行得來的人生哲學。她偶爾也說幾句，但大部分是聽他在說。他們是在戀愛着了，至少何全貴是在戀愛著了，而實際上她也是。在本質上說來，他們兩人幾乎都沒有真正的愛過，但現在他們兩人卻因為彼此的現狀，自己感覺已經愛過似的，而談些似乎是尋常的，但實際是尋常人——尤其像他們這樣不太熟悉的男女所不談的那麼多的話。在戀愛中的男女總是喜歡多說話的，尤其是男人。玲子聽他說着，並沒有覺得有什麼討厭。同時她也不想多說話。一個女人多說話，而使男人討厭時，還不如少說話而保持一些神秘的好，好使男人永遠愛她。

「那這樣下去也不是辦法。」玲子開始試探對方。

「就是嘛。」何全貴頓了一頓：「我應該跟她離婚。」

「離婚？你小孩子也這樣大了，她也沒什麼大錯，就是好吃懶做一點，法律上也沒那麼簡單吧？」玲子是一半驚異，一半興趣。

何全貴再度嘆氣。

「可不是！」他頹喪了下來：「可不是沒那麼簡單。但我總是得重新結婚。」

討姨太太！他是要討姨太太！

「誰跟你做小老婆？閨女怕再窮也未必肯罷？」玲子第一個直覺是憤怒，幾乎是大聲的叫出了這兩句話。她恨不得打他。

「我拿妻子來待她。」說到這裡，何全貴突然把手放到她的手上來。因為是黑暗裏，沒一個人看見，玲子本來要掙扎，因為何全貴只是要討小老婆。但掙扎起來既不好看，會大家都知道了，而且他又說「拿妻子來待她」。而且，即使不這樣，她現在忽然覺得自己已能反抗起來——有一個力量能使她反抗她家裏的人的眼光，她的親鄰的眼光：不再把她當作一個「好人」。僅僅為了這一點，她也願意，願意給她的父母，給她的親鄰受點教訓。

於是她沒有用力掙扎。因為她不再憤怒了。於是，她又僅輕輕的，不使別人看見的，在黑暗裡微微的反抗了一下。她知道那種輕微的反抗沒有用的，而且她也不想反抗。何全貴看她沒用力反抗，斷定了她的情感，但這時他反不知道自己該如何了。他覺得有一種道德觀念在他的心中油然而生。他覺得他不該對她說這種話，更不該去捉住她的手。他覺得這件事既不是開玩笑，就不要開玩笑。因為他的確認真的這樣想。但這件事究竟太大了，——對他自己而言，這件事是太大了，對這個小鎮而言，這件事也是太大了。而且，即使不管那些，他總覺得對玲子而言，即使玲子完全承認現實而不顧一切的來愛他，而願意做他的小老婆，也是非常重大而使他內疚的。何況他們中間一向就不熟，簡直是陌生，怎麼可能會一下彼此愛起來？也許是假的吧？他簡直弄不清自己的情感是怎麼回事。現在，她不掙脫他的手了，這件事反而嚴重了：他不能這樣做，僅僅為她也不能這樣做。於是，他鬆開他的手，把手縮了去來。

「我不能這樣做。」何全貴痛苦的說：「我的快樂不建築在你的痛苦上面，我不能這樣自私。我錯了，請你原諒。」他最後有點哽咽。

玲子像一下給人澆了一盆冷水。她本想說幾句話，告訴他，鼓勵他儘管去做，同時她開始時也有點辛酸，那是為了他的替她着想。但一轉念間，她就不願再說什麼了，她覺得何全貴竟也是一個跟她一樣的——至少被別人看起來是跟她一樣的一個「好人」！一個標準丈夫！她不要這些。她做好人已經做夠了，現在還另有一個人正在開始做好人，不知道要做到哪一年！她即使嫁了他，「拿妻子來待她」，也不只是一個好人的待法嗎？她不要。她已夠了。

正在這時，電來了，電影又繼續下去，她已平靜了下來。倒並不是為了電影的重又上映，而是在她的心裡，何全貴已經死了。在剛才與他相處，聽他談話的幾十分鐘裡，她覺得不管如何，她總是遇到一個非常可愛的人——也許可以算作她二十五年來邂逅之遇的一個非常可愛的人，一段非常可愛的故事。在她現在的週遭，甚至以後，她的環境不容許她再有機會遇見這樣一個人：不管怎樣，她傾心於這樣的一個男人。但正當她要為他做些什麼時，他卻變了！變成了好人，但不再可愛了。

她不再與他談話了。何全貴或許認為是演電影了而她不再與他談話了，但她卻並不只因為是在演電影了而不再與他談話——永不願再與他談話，因為他只活了幾十分鐘，以後他就死了，永遠的死了。

她繼續看她的電影，平靜地看她的電影。停電的幾十分鐘裡，她只是睡着了，作了一個夢。現實生活的電流暫時中斷，夢中希望生命的電流發出火花，但現在電來了，她的夢也醒了，她該繼續看她的電影，絕無牽掛，什麼事也沒有發生。

她看完電影，燈亮了，她站起來，沒看旁邊一眼就走了出去。

門口，人羣繼續不斷的在增加，賣票的繼續賣票，收票的女人繼續收票。她的腿蹺得更高了，聲音也更響亮了：

「快點進去吧，等一下又沒有位子啦！」

人們在往裡面擠着，擠着，又擠着。

——一九五七年三月一日，台糖雜誌二〇卷七期副刊

——選自師範短篇小說集「苦旱・燃燒的小鎮」，二〇〇四年八月文藝生活書房出版

縫衣機

對於韓大嬸而言，她活到如今四十年中間最遺憾的一件事，莫過於在結婚時沒有能置備一架縫衣機那件事了。幾乎從開始懂得自己是一個女人的時候起，她就想將來——那時她還沒想到結婚——她將會有一些東西，那些東西中包括花花綠綠的衣服、一雙皮鞋、一個金戒指、一條金項鍊，以及一架縫衣機。在這些她所想望的東西中間，甚至包括金戒指及金項鍊在內，她都覺得是次要的，而最重要的是一架縫衣機。

開始時她對縫衣機的想望，只是基於一個理由：將來她要自己裁製很多漂亮、新式的衣服。有了一架縫衣機，她就可以隨心所欲縫製自己所喜歡式樣的衣服。等到她漸漸長大而開始進一步的懂得將要結婚——嫁給一個男人以後，她那對於縫衣機的想望就更增加了，因為她覺得她將成立一個新的家，而縫衣機卻幾乎是一般家庭所通備的財產。但到她已決定自己在不久的將來就要結婚的時候，她那對需要一架縫衣機的想望就愈亦強烈而幾乎使她夜不成眠，因為她想到了一件事——結婚以後，不久即將生兒育女。而對她這樣一個母親——她想到這裡臉紅了——而言，親自縫製衣服是理所當然的事，但小孩子很多時，她用雙手來縫，在時間上是太不夠一點：她覺得她結婚以後，將要為他與自己生很多個孩子的。

因此，她覺得需要一架縫衣機，從少女時代開始到就要結婚為止，永沒改變過。她已拋棄了她少女時代那種因為需要為自己縫一些花花綠綠、式樣新穎的新衣服，而「希望」有一架縫衣機的想法，代之以因為要為自己的孩子們縫製衣服——包括把他（她）們打扮得非常漂亮的原因在內——而需要一架縫衣機了！

但是直到結婚那天為止，她的想望仍沒有達成。她家裡窮，原先就買不起縫衣機。——要是她家裡不那麼窮的話，她也早已沒那種想望了，或者也用不着從少女時代一直想望到結婚，因為如果有錢，她將早已因為已經達到了那個想望而不再想望了，——她沒錢買。不但沒有錢買縫衣機，而且連一條項鍊，甚或一個最起碼的金戒子也沒有。她一直在想，少女時代所強烈想望的那些衣服、項鍊、金戒子等等，當然最好是能有，但到了快結婚時，她知道家裡已不可能有錢為她買這些時，她倒也不十分在乎這些，但是縫衣機卻從理想的想望轉變為現實的需要了，但是她仍沒有。一切的希望都落空了，最後，她把希望寄託在即將結婚的丈夫身上：她希望他能為她——其實是為這個家庭買一架。

但是她的丈夫也使她失望了，其實，這也是意料中的失望，因為她早已知道她的丈夫也是個窮光蛋。不過她曾經這樣想：為了結婚，也許他會設法弄一筆錢去買一架縫衣機，——甚或她想即使是一架舊的也好。她也明知這種想法有點近乎可笑，但她寧可讓自己被自己覺得可笑，直到結婚那天證明他並沒有給她買縫衣機為止。

當然她與他結婚了，並且到現在已經二十年了，兒女也已經好幾個，並且大兒子都已經結婚了，他們夫婦之間水遠仍保持彼此的強烈情感，因為他們真的相愛。而且她也從沒有為沒有一架縫衣機而跟丈夫爭吵過，她知道如果他們家的經濟情況稍微寬裕一點而有餘力購置一架縫衣機時，他將一定為這個家——也就是為她買一架縫衣機的。他曾有意無意的向她表現過這種歉意，不過，即使如此，她仍不斷的盼望能在最短的時間以內有一架。

今天，她向自己笑了。二十年來——甚至三十年來，她日夜所想望的，幾乎是夢寐以求的願望達到了。她將要有一架縫衣機了！就在今天早上，她的丈夫交給她五百塊錢。那是他的一項獎金。他是一個工人，在附近一個亞麻工廠裡做煉麻工作。他在那個工廠裡已經做了二十幾年，他以他二十幾年來朝夕不懈的努力與出眾的表現，當選為工廠歷年來服務成績最優秀的模範工人，而獲得了這一項五百元的特別獎金。對於韓吉勝而言，五百塊錢可不是一個小數目。從他有生以來，雖然他並不因自己的貧窮而特別貪婪金錢，但是他可真的從來沒有一次拿過這麼多的錢，五百塊錢！他每個月的薪水，即使上個月調整後薪水來說，也不過四百五十塊錢。而現在，他可有了五百塊。

不過他一點也不躭心他將如何處理這筆錢。當他知道他將獲得五百塊錢的獎金時，他就馬上決定要買一架縫衣機給妻子，實際上也是買給家裡用。因為他知道他的妻子想望有一架縫衣機已經很久——簡直就是從他與她共同生活以來。在他自己，也有一種長久鬱結着的歉意：太太想有一架縫衣機，而二十年來竟沒有能力購置，何況買來了也不是為妻子用的，相反的完全是為子女而用。於是，當他一拿到這筆錢，同時工廠給了他一天榮譽的特別假期而回家的時候，他就把這筆錢交給了妻子。「妳不是老想要買一架縫衣機嗎？」他一面把錢交給了太太，一面說：「也許順風牌的要六百多塊，但我們不是還存有兩百多塊錢嗎？」他望着她說：「你要願意自己去買的話，就邀隔壁的李嫂陪你一道進城去挑選挑選。」

因此她現在向自己笑了，也向丈夫笑了。

「現在也不早了，同時，也得先讓我打聽打聽確實的價錢，可不要吃虧了才好。我想下午去或者明天去吧，」她說：「反正小火車的班次很多——呃，來回是三塊二毛吧？」她看丈夫點了點頭然後又說：「那我早點去煮飯。」

丈夫微笑着繼續點頭。她站了起來。但正當她轉身過去準備到後面去煮飯的時候，一個人出現在門口了。

他們夫婦倆立刻看清了這個不速之客是誰。並且使他們——尤其是韓大嬸感到不悅。那是大兒子。沒有什麼疑問。除了要向家裡借——只借不還的錢以外，他是從來不回來的。也可以這樣肯定的說，他每次回來，就是要錢——根本就是向父親要錢。

這，父母親心裡都明白，知子莫若父。

「又是什麼事要錢用啦！」父親單刀直入地問兒子說：「還站在門口幹什麼？」

兒子走了進來，母親停止了去煮飯的念頭，而重又坐了下來，開始憂慮。她有一種預感，這次她的縫衣機又完了：如果兒子開口，最後他們總得借給他：因為是他們的兒子。結婚二十年來第一次可能實現的希望啊，不要使她幻滅吧！

「最近社裡分期付款配給腳踏車，每輛八百元，分三個月付清，我因為每個月還要付伙食費和零星雜用，所以自己每個月只能湊四、五十塊，而且車子又很便宜，我每天上下班又太需要……」

「算了，你少拐彎抹角了。」父親打斷兒子的話頭：「你打算跟我借多少錢？」

「我想跟您借五百塊錢，」兒子連忙解釋：「這是說，我希望借五百塊，以後就可以按月付二百多塊。不過爸爸不方便的話，我就先借三百塊好了。」

韓大嬸恨不得一個耳光打上兒子的臉。五百塊！你老子做了二十多年才好不容易拿到五百塊錢獎金！你倒說得容易！「不方便的話，就先借三百塊。」哼！到是滿有把握啊！

「唔，」做父親的未加可否的應了一聲：「你的舊車子呢？」

「早已壞得只剩了個架子啦。」兒子說。

「那你現在一個月收入也有五……」

「根本不夠嘛，」兒子的表情使別人覺得似乎是他的父親欠了他的債：「每天要吃飯，一個月就得三、四百塊，再買件把衣服什麼的……」

韓大嬸氣得幾乎要炸裂了。衣服！你老子跟你母親二十年來做了些什麼衣服？自己身上那件黑布短褲還是結婚時候做的。你們倒要「每個月都買件衣服」！然後錢不夠了，老子倒霉。

但是她只悶在心裡，沒有說出來，她知道儘管她的丈夫怎麼盤詰兒子，到最後總得設法給他。而且在她自己而言，即使是這樣氣憤，她也知道自己最後總也不會不同意拿錢給兒子。至少，她也不反對。因為他總是自己的兒子。於是她反而心平氣和下來了，像是與自己毫無關係一樣，她開始以第三者旁觀的態度去聽他們父子兩人的對話。看他們這齣雙簧演到什麼時候，然後老子才正式宣佈投降。

但她沒能再看到多久。因為父親開口了。

「好了，你先回去吧，我有錢就寄給你。」

「那爸爸什麼時候給我寄來？」

「告訴你先回去嘛。」父親重複自己的話：「先回去吧。」兒子不得不退步了。

「那我回去了，」他站了起來：「要是明後天接不到你的信的話，我大後天再來好了。」他再轉向母親：「媽，我走了。」

韓大嬸坐在那裡沒有動。她點了點頭，看兒子出了門口很遠，然後她開口了。

「一開口就是五百塊，至少也得三百塊，你做老子的要賺五千塊錢一個月才夠他花的，哼！」

這回輪到韓吉勝不開口了。他保持了沉默，但他沒停止自己思想的活動。他在想自己辛辛苦苦了半輩子，卻生出了這樣一個浪蕩的寶貝兒子。因為他是大兒子，所以從小一切就寵着他——以他這個家的環境可能的去寵着他。把他送進學校，好不容易弄到高中畢了業，在縣城找到了一份差使，結了婚，總以為這下可以不再操心了，但卻仍不能不讓父母操心。錢，他老是在要錢用。他自己一個月的收入也有五百塊，只有兩個人要生活，而自己每個月收入四百五十塊，要養活五個人，還要不時的為這個寶貝送錢去。每次他恨兒子用錢太浪費，不顧父親的能力，而實在也真是無力負擔。但是怎麼困難，為了兒子的生活過的去起見，每次兒子開口，總得設法給他一點。他也明知道這不是辦法，自己的能力既可憐到簡直無力負擔，而一次一次的給予，又更助長了兒子的依賴性。那種依賴如果是生活上的必須倒也罷了，而現在則是在依賴——不，依賴着老子供給他浪費——至少也是為了求生活上享受而向父親伸手。他不齒這種伸手。但誰叫他是他兒子的爸爸呢，他總得給他的。

但是這次他可有點不愉快。三百塊，一方面數目也太大了一點，而且即使是「借」給他兩百塊的話，這就不行了，太太的縫衣機又沒有着落了。假如這次再落了空，他清楚地知道可不知道再是那年那月，——說不定一輩子不再有機會。這是一個矛盾。不該的與應該的矛盾。

他了解他自己的心情，因此當然也了解妻子的心情。她在發牢騷。雖然她沒有把那件事說出來，但是他了解，不但是妻子，在他自己又何嘗不恨？縫衣機與他兒子中間，總有一個落空。而且很明顯的，到了最後，一定還是兒子勝利。他實在太清楚太太的心情了。即使她現在這樣發牢騷，她心裡還不是疼着她的大兒子。她要是真恨兒子的話，剛才兒子在這裡時，她就不會一語不發。她要是真恨兒子的話，她現在就不會發牢騷，這就表示有矛盾：有矛盾，最後就會順從這矛盾。這是兩人的兒子呀！不是他一個人的，何況又是從她肚子裡生出來的。想到這裡，韓吉勝反而有點對妻子氣憤起來：倒是裝的滿像的，讓做丈夫的負這個責任，事實還不是自己也無法可想而終於順從兒子？

「算了，別在兒子走了再窮嘀咕了，剛才為什麼不講？」韓吉勝越想越氣起來：「我根本也沒有答應他呀！想想看，他只知道自己小倆口子安樂，就沒想到過我們的情形。那棉被不是早該換了嗎？就是因為沒有錢，省吃儉用的湊合到現在，他倒又要買腳踏車了！哼！老子從十八歲起進亞麻工廠，二十幾年來每天颳風下雨都是兩只腳來去，他進中學時給對付了一輛舊車子，還苦了大家三個月，現在他倒又來了！哼！豈有此理！」

「小寶的衣服也早該換季了呀，」妻子聽着丈夫這一頓話，轉而同情丈夫起來：「還不是為了想省幾個錢！這狗東西到是想得出來，他一個人享福，我們為他的享福受苦，甚至餓死！」

「妳還說什麼?」韓吉勝越想越氣：「還不是妳縱慣了他，弄成今天這個樣子？簡直不像話麼！沒聽說過的，這麼大年紀，一切還要我們為他着想！我們爭也白費，到結果你還不是挖出錢來給他了事！看吧！總有一天我們反而會死在他手上的！」

「你看你這老糊塗，糊塗到哪裡去了！」大嬸急了起來：「哪裡是糊塗？哼，裝傻！自己決定要拚了自己的老命去做似乎是成全兒子的事，自己要決定把錢給他，倒反說起我來了！當然，每次我都聽了你的話把錢給他，現在卻賴在我身上，是不是？你盡量給他好了，」她站起來向廚房走去：「是你的兒子嘛，他當然應該用你拚老命換來的錢。我已經窮一輩子了，可不再會為錢來跟你吵架了。」

話雖這樣說，她心裡可是難過之極。她轉身向廚房走去，開始她每天慣常的煮飯工作。今天這頓飯雖不比平常多些菜，但本可吃得非常香甜。而現在這種氣氛沒有了，那種幻想她也永不再有了。縫衣機已經向她告別，永遠地。而她也不再去想它。她現在唯一的想法是，快點煮好這頓飯，她要早點上床去躺一會兒。她的腦袋發漲，幾乎就要炸裂了！

但韓吉勝心裡也不好受。而且他們兩個都知道，對方也並不好受，甚至尤甚於自己。這些事情都是那個寶貝兒子惹出來的，他們為了他弄得大家心裡都不愉快。

一頓飯，大家默默地吃着，吃完。然後又是整個下午的沉默。各人心裡有各人的心事，但總括起來，就是兩件事的衝突：縫衣機與兒子：寶貝兒子。人最痛苦的一件事，就是明知這是一個錯誤但仍必須錯下去。而他們現在是為兒子的事痛苦了。

那一個下午像是一年。大家都不說一句話，到了晚上，他們又各自默不作聲的吃了飯，然後上床。各人讓痛苦去嚙食自己的心靈。因為無論如何，即使他們曾為上午的事拌嘴，他們也是永愛對方，而不願對方痛苦。

韓吉勝一直沒睡着。但是他卻假裝着已呼呼入睡。他聽見她從枕頭上抬起頭來的聲音，然後感到臉上有輕微的鼻息在流動。他知道她也沒有睡着，在抬起頭來看他。他讓她縮回頭轉過身去以後，才把眼睛睜開。他等了很久。直到她的呼吸均勻地高亢起來的時候，他確定她已經睡着了，而轉過臉來。在黑暗裡，他略看清楚了她的臉，他開始辛酸起來而又重倒回原來睡的地方，輕輕的，但是長長的吁了一口氣。然後，他心平氣和下來漸漸睡着了。

第二天一早，他倆習慣地很早就起來了。大家並沒有忘記昨天那回事，但大家希望裝作忘記這件事。吃了早飯，韓吉勝準備出門了。那很普通：他平常就是這個時候去上工的。

「昨天我給你錢呢？」他問太太：「給我兩百塊。」

韓大嬸早已料到，他最後會寄錢給兒子的。她昨天已難過了一天，現在她已近乎痲木了。何況這也是自己的兒子。如果由她處理，實際上最後她也會這樣處理的。因此她沒有再說一句話，就走到床邊枕頭底下，掏出昨天那包好的錢，通通遞給他。她知道三百塊太多，他不會完全順從兒子的要求，並且也為了使她有點面子，那麼他今天給兒子寄兩百塊錢，也是很合理的事。

丈夫把紙包打開，只拿了兩百元，把其餘的都還給太太。韓大嬸仍不說話，逆來順受地默默的接過來包好，再塞到枕頭底下去。

她佇立門前，看丈夫一步一步的離開了家門，也把她的希望——這一生不再有的希望愈帶愈遠，終於完全消失。然後，她開始掉下她的眼淚，像水瀉似地。

很久很久，她勉強抑止了她的情緒，走向廚房。她知道那不過是失掉一個珍貴的希望，但她必須得適應現實，那是她做妻子的責任，她要像平常一樣的去煮飯，然後，等候他一起回來吃飯。

她在廚房裡忙着，又忙着。最後快到中午而飯菜都差不多時，她聽見前面有人走動的聲音，沉重而雜亂。她知道那是他回來了，也許他心裡矛盾而不痛快，但她已完全平靜，同時最後一分鐘的忙碌使她無法馬上離開廚房。於是她便在飯菜完全弄好以後，端出來向前面走去。

她一眼看到在那個平常放雜物的角落裡，現在放着一架縫衣機，而且從她一向所注意得來的經驗，她知道這是順風牌。那四十歲的她的丈夫正坐在旁邊的一張凳子上休息，旁邊還有一個人。

「我請了半天的假進城去了，」他看見她來，就站起來向她說：「六百二十元，已經付了二百元。」他指了指旁邊的那個人向妻子說：「你去再拿四百二十元給他。」

韓大嬸的手幾乎抖得要摔掉手上的飯菜。她的心在猛烈的跳動，下意識的把飯菜放在桌上，就向臥室裡走去。她的丈夫跟着她走了進來，一邊低低的向她說：

「今天早上我已當面告訴他說我沒錢借給他。因為我早已決定要給你買一架縫衣機。那個決定已經有二十年了。」

——一九五七年八月十六日，自由青年半月刊十六卷四期

——選自師範短篇小說集「苦旱・燃燒的小鎮」，二〇〇四年八月文藝生活書房出版

盼望

晚上九點鐘以後，從下午起就開始的熱鬧正慢慢的在走向尾聲。那幾乎使整個的小鎮忙碌了兩天的中元節大拜拜，現在正在像山洪爆發後的急流勇退。當人們吃着主人端出來的最後一道菜時，希望就已經消失，現在已經在吃西瓜了，當然得扣上香港衫的扣子準備，並且立即站起來了。

那些吃喝雖然沒有明文規定是屬於那一個人享受的，但對於阿玉而言，這些享受只是為別人而設的。因為自從她有記憶以來，她就記得每次的拜拜，她總是沒命的在做着而又做着，等待客人的光臨，伺候客人與家人們喝酒、猜拳，她則在廚房裡忙這忙那，然後端上菜去，看他們把前廳弄得一塌胡塗，滿桌滿地的酒、菜與骨頭，然後，吃喝的人們用「謝謝」兩個字抵消了他們一切的罪過，主人也高興地因為這兩個字而原諒，甚至感激着他們，而且送他們昂然的走了出去。再然後，阿玉又得花上兩個鐘頭的時間來替他們收拾殘局，在廚房裡胡亂找些剩菜吃了幾口，把前廳收拾乾淨，再把碗盞洗掉，已經快十點鐘了。十點鐘，那是她平常必須要睡覺的時候了。她明天一早五點鐘，就得起來幫着磨豆腐的。

因為她是一個養女。

當然沒有人規定她必須晚上十點鐘就睡。但是如果她不早點睡，第二天就起不來，或者起來了而精神不足。因此，不管她自己願意不願意，她總得早點去睡。如果起不來或是起來而精神不濟了，那至少得挨一頓罵。

但是今天，她還不要睡。家裡的人都出去到黃金戲院看戲去了。黃金戲院昨天請到了一個歌舞技術團，養父、養母昨晚就在說着，今天吃了拜拜，剛好去趕九點半的第二場。第二場，不到十一點半，是不會散場的。他們在臨走時也曾關照阿玉說要看的話洗完碗就去吧，但她可沒那麼大的興致。當然明天要起早是一個原因，但最主要的，還是因為跟他們一起看，實在拘泥而沒有什麼味道。

要是能跟張文清一起去看多好。

張文清，她可永遠記得這個人。每年冬天，她更會想起他。她忘不了他。她睡不着。

這不能怪誰。在他們兩人中間，沒有誰是誰非。錯的是她的親生父母。把她賣到這裡，使她沒有自主的權利。沒有一點能自主，即使平常少磨一斤黃豆也不能。要是能自主的話，啊，那可太美！她早已……

不想睡。她決定出去走一走。

順著那條水圳走下去。月亮太好，從圳邊的垂柳裡透過來，替她白色的連裙衫印上了灰色的花，雅淡而使人眼花撩亂。圳裡的水在向下游流去，潺潺的發出有生命的響聲。

一切都有過現在，但現在都已過去。是真的過去了麼？她不敢相信，也寧願不相信。

她清楚地記得那過去的一切。他們曾在那圳邊並肩散步，那年中元節，他們也曾在這裡並肩坐下。日子像是抓在手裡的水，不知不覺之間就已經漏完了。到再抓起一把水的時候，那水已不是原來的水，生硬，而且陌生。

如果現在她與他再見的時候，他們會變得很生硬，而且陌生麼？可能的。一切都是可能的。時間雖然不過僅僅兩年，但一切的事情在一分鐘之間就可以完全改變，又何況是兩年！

兩年！兩年來，阿玉還在這裡。阿玉還在忙着磨豆腐、賣豆腐，然後回「家」，永無止息的勞動、勞動再勞動。文清，你呢，你在哪裡？你現在在哪裡？會回來麼？不可能的。在縣城裡教書的人，不會為中元節回來的。

但是他回來了，不過不特別是為了中元節。早在前幾天，他父親就寫信給他，說有要緊的事與他商量，要他回來過節。

於是他向學校裡請了半天假，搭下午的小火車回到家。父親怪他回來得太遲了，令他心焦。不過還好幸虧在六點鐘以前趕到。因為大林旅館的老闆今天請他們吃拜拜，在這個地方，大林旅館老闆請客時被邀，是一份光榮，也是一種驕傲。

而現在，他們早已吃完拜拜，正在黃金戲院跟大林旅館的老闆娘以及旅館老闆的女兒劉雲芳坐在一起，看臺上的技術表演。

旅館老闆在為女兒拉線，要把女兒嫁給張文清，張文清的爸爸也求之不得。劉雲芳自己當然是更願意的了，要不然只為了國民學校同學這一點關係，也不會要父母請張文清父子吃拜拜。

大家都覺得這宗親事很好，大家也都非常有把握。張文清的爸爸並且想到劉雲芳是一個獨生女兒，那麼不久以後，劉雲芳的父母死了以後（他們總要死的），他就可以一夜之間變成一個富翁了。

「這有什麼希奇，」劉雲芳指着臺上的那個用雙腳把一張桌子舉起來，而桌子角上又坐了一個孩子的人說：「這樣簡單也算是技術表演？老娘也會。」她笑着拍拍自己的胸脯。

張文清從吃拜拜起，就有點感覺到了這種「拉攏」的氣氛。那時候劉雲芳穿着一件花花綠綠的玻璃旗袍，把身上的肌肉繃得緊緊的，尤其是把胸脯繃得非常突出，露着金牙，頻頻的向張文清勸酒：「喝呀，乾一杯」那種使人渾身起雞皮疙瘩的肉麻聲音，夾雜着濃重的劣等脂粉的香味，幾乎把他悶到。要不是為了父親帶他來，他真想走出去到大街上透透氣。他看不慣。這是一種何等奇怪的事。在小學裡，雖然她沒一般女同學那麼純真，但也還不討厭。怎麼幾年下來，就完全變了個人？粗魯，妖豔，肉麻，而又俗氣。頂糟糕的還是俗氣。儘管家裡怎麼有錢，——暴發成富，但就是俗氣，沒法更改。

她必須要有一個張文清這樣的人，才能使她感到虛榮以及心情的滿足啊，她缺少這些。

張文清一直忍了下來，反正拜拜總會有吃完的時候而可以回家的。——回家？他是否該再去看一次阿玉？

沒有想到吃完拜拜又要去看戲。

看吧，戲看完了總可以回家了吧？

沒有想到她竟偎倚在他的身旁，把他當作她的一部分似的，在眾目睽睽之下，竟對臺上的人表示輕蔑起來，而因為這些高聲的粗魯話出自一個近乎放浪的年輕女人之口，使得觀眾們大都轉過頭來看她。

而這個人正若無其事的倚在他的身邊！

他幾乎被她的話羞愧得無地容身。他也是從小在這個鎮長大，讀國民學校，畢業，再去縣城讀中學，再畢業，當小學教員，再回來的人！他也是本地的一份子啊，他有很多熟人，長一輩的，以及同輩的同學們！他們全在這裡。就全不在這裡吧，但他們總會知道。知道他巴結暴發戶的女兒，那個粗魯而俗氣的旅館老闆的女兒劉雲芳，而不顧別人的笑話！

他既沒有一點點的心思愛她，何苦要擔承這個罪名？於是等觀眾們再度注意臺上的時候，他的臉部表情痛苦起來，而把一只手按住在肚子上。

「啊，糟糕，」他一面說，一面站了起來：「對不起，我有點肚子痛，要去一下洗手間。」他說出了理由，沒有特別向着誰，就走出了座位，向廁所走去。當他脫離了他們的視線時，他就從旁邊的側門溜了出去。

在街上，他鬆了一口氣。這次回來，簡直是浪費時間。當然，在他父親而言，也許是一種關心兒子的好意，但在他可不然。他平白無故的使故鄉的人們給他加上一次無形的罪名或是嘲笑。他犯不上，但已犯了。

他覺得有點懊惱，可惜就是沒有班車了。要是今晚還有車子趕得及的話，他真想連夜趕回去。這情形真是噁心死了：他看見了一個沒有靈魂的身體！阿玉可完全不是這個樣子。不過兩年了，她會變麼？她也會變成這樣一個沒有靈魂的東西麼？不會的。她現在只是受了環境的逼迫，她不會這樣的！

月亮很好。他記起了今天是中元節。他記起了兩年前的今天，他曾與阿玉在什麼地方度過這個夜涼如水的月圓的晚上。

他不由自主的向圳邊走過去。

他們是沒有結合的可能了。要他拿出一萬塊錢來替阿玉贖身，他再做十年也沒有這個能力。環境造成了命運，命運逼使他們分開。單單有雙方的情感有什麼用？愛情的熱力救不了她，只有金錢才能救她。

他的思潮起伏，無限的思念，有限的現實！在這個世界上，——僅僅這個小鎮上，他能做什麼事呢？沒有錢，便連他最想做、最應該做的事情也不能做！

他恨，恨金錢，想起劉雲芳那副死樣子，他不禁打了一個寒噤。

在那水壩的背後，他看見有一個女孩子坐在那裡。他驚了一下。中元節，別是鬼吧？看，那個女鬼站起來了。他害怕起來。她也在遲疑着。一下子，她走過來了，一步，兩步。張文清突然清醒過來，他定了神看了一下，然後，他奔過去，捉住她，把她摟得緊緊的，吻着而又吻着。

幾百萬年從他們的心裡走過。天地又回復到混沌初開的時候。沒有空間與時間。沒有過去與未來。只有現在。一個個現在又從他們的吻裡走過，然後又是新的現在。

阿玉幾乎是痙攣了過去。這別是夢吧？哪有完全一樣的中元節？但現實是真的，不是做夢。她被文清吻得透不過氣來，也是真的，而不是做夢。

於是，她哭了，沒有聲音的淚珠從她的臉上流到他的臉上。

「真是做夢也想不到會在這裡再見到你，」她哽咽着：「文清，文清，文清……」

文清也連聲嗯着回答她。

「怎麼？」他被她真摯的連聲呼喚也弄得哽咽起來：「怎麼了？」

「我真怕，——怕這是一個夢，你說是不是真的？」

文清重又把她抱緊。

「當然是真的，當然是。」他吻著她的頭髮說：「我今天下午回來的——回來做一件可笑的事。」他想起了劉雲芳，他真的笑了起來。阿玉把他推開。看着對方的眼睛。

「你做了一件可笑的事情。」她睜大着眼睛說：「當然，對於你，我是可笑的。」她重又嗚咽起來。

「你看你，」文清這下可幾乎笑出聲來：「我說的是這個。」他把她拉到她原來坐着的地方坐了下去，告訴了她去劉雲芳家吃飯的事。

「很好呀，有錢有勢，人又漂亮，」她半真半假地，似笑非笑地說：「還想到我幹什麼？」其實她真想哭。

「看你吃醋吃到那裡去了，」文清說：「爸爸叫我回來，我也不知道是什麼事。早知道是這件事，我根本就不回來了。」

「當然，我是不值得你回來的。」

「不是這樣說。學校裡在替小學生補習，很忙。」他解釋着。然後，他正色了下來：「你也沒叫我回來呀！——唉，明明曉得是不可能的事，還死不了心幹什麼呢？」他難受起來：「兩年沒回來，原希望你已忘了我，或者——」他頓了一頓：「誰知道你還在這裡！」

「你希望我忘了你？」她幾乎是叫了起來。然後，她把臉埋在自己的手裡：「你知道我忘不了你。」

文清沒有回答她的話。叫他怎麼說呢？他也忘不了她。要不然的話，他今天為什麼又不由自主的往這條路上走？她長得不難看，可也不是一個很漂亮的女孩子。但是她樸實，她的心地善良。她雖是國民學校畢業，但是她空下來就看書，她不像鎮上一般的女孩子，像蕭佳碧、楊金花、劉雲芳，甚至陳玲子，她都要比她們好上多多。她懂的就是懂，不懂就說不懂，不像劉雲芳跟蕭佳碧那樣，不懂的硬裝是懂。她沒那樣虛偽。

她也明知她自己忘不了他。因為他也樸實，他也心地善良。他實事求是，不矯揉造作。那時她剛長大成人，感到每天在菜市場裡賣豆腐有點丟人。自卑感侵襲了她。但是他鼓勵了她，說「職業是一樣的。像劉雲芳她們整天不做事，對她自己有哪一點好？」使她從此不再感到賣豆腐是一件羞恥的事，相反的，她為她能自食其力而感到驕傲——她是替她的養父工作，她吃點飯、穿點衣，這是應有的工作的酬報。他關心她，待她好，為什麼她會不喜歡他？他去縣城了，為什麼她會忘了他？

只怕他會忘了她。只要他記得她就好。

他們沉默着，彼此不發一語。半晌，文清伸手過來用勁的捏住她的手。說：

「你也知道我忘不了你。」

然後，他們又擁抱着，吻着而又吻着。

「還記得嗎？」文清坐正了身子，指着遠處那個小山說：「在畢業那一年，我們還在那裡玩捉迷藏的。——過去好嗎？看看誰先找到了誰。」

「你還是那樣小孩子脾氣。」她笑着，終於站了起來，向小山那邊走過去，愈走愈快。他們奔跑在通往那小山的路上。旁邊，有一行田菁種植在那裡。他手拉着她的手，跑着、跑着。

突然，他停了下來。

「蛇！」他指着田菁堆叫道：「看，這樣大一條蛇！」

她驚恐地停下來，想撒手回頭就走。

他大笑了起來。

「你壞，壞死人！」她知道她受騙了，打着他的背：「你要死啦！你嚇唬人。」

他只是笑着而又笑着，捉住她的手，繼續往前走去。

「你以後要是老是騙我，我怎麼辦？」她抬頭問他。

「那怎麼辦呢？」他裝作無奈地，聳了聳肩，鬆開捉住她的手，把雙手向兩邊攤開：「你說呢？」

「那我就讓你騙，」她說着，然後她發覺了他的故意，就笑了起來，打着他的臂膀：「我就要打你。」

他也笑了起來。然後，他們繼續向小山上跑去。

月亮太好，小山上像水銀瀉地似的平滑、光潔，無所隱蔽。他們開始捉迷藏似的彼此追逐、逃逸，有時她被他捉住，有時他被她捉住。有一次他捉她，她摔倒了，他也摔了下去，他便吻着她。有一次他找不到她，就走下山來，想不到她在後面，突然出現，把他嚇了一跳，然後，她平靜地把手挨搭上他的胳膊，走幾步路，再重新放開，重又追逐，奔跑。

在月光下，他們暫時忘記了一切。這個世界、那個縣城、小學，與眼前的小鎮，這些與他們何關？與他們的命運何關？與他們的靈魂何關？在這個宇宙裡，現在一共只存在着這一個小山，像個小土丘似的，平平的，週圍不過半里路左右的小山。在那個僅有的世界裡，存在着僅有的這兩個人。他們是宇宙的主宰。

他們願意永是這宇宙的主宰。

但當月亮偏西時，他們不得不走下主宰的寶座，而讓別人來主宰他們了。兩人都得馬上回家了，一個必須要趕明晨六點三十分的小火車，以便趕上第一節課；一個必須要睡了，否則明天五點鐘起不來。不管他倆願不願回去，睡得着睡不着，他們必須馬上回去了，並且馬上去睡。

他們走下山來。今天過去了，今天以後呢？兩人都在想這個問題，但是誰也不敢提這個問題。問題提出了以後，不能解決又怎麼辦呢？保存着這份情感吧，讓自己欺騙自己吧，寧可讓時間來答覆吧。

他們的心裡紊亂，但是勉強的壓制着。從明天起再壓制兩年麼？或者，更多的時間，還是永遠？沒有人是宿命論者，但也沒有人能擔保。

他們沒有來的時候興致好了。各人有各人的心事。不知怎麼的，文清想起剛才離開戲院在大街上走着時，不在意的看到那家雜貨店牆上貼着的幾張兒童的蠟筆畫。那定是那個雜貨店的老闆娘貼上的。那定是她心愛的兒子的傑作。想到這裡，他很感動而突然問道：

「你喜歡孩子麼？」他轉過臉來問他：「男的？還是女的？」

阿玉正在想一些別的事情。她在想如果她可以逃出這個小鎮，不用文清負擔這麼大的一筆贖身費，她就可以跟他永遠在一起。正在這時，她聽到了文清的問話。

「我們不能這樣，」她答非所問地，然後說：「私生子，怎麼可以！」

文清楞住了。他才清醒過來。他也不知道他剛才怎麼會向她問出這個問題。他有點惶恐，有點懊惱。

「你說什麼？」他不知所措地：「這，這當然不可以。」

轉瞬間，道德觀代替了他們原來所想的。尤其是阿玉，好像秘密一下給人揭穿一樣，羞愧，並且哭了。

「我們該回去了。」她哽咽着說。

「嗯，」他也難受起來：「該回去了。」

「再見。」她泣不成聲的說。

「再見。」他突然抱住她：「可是下次——」

「下次再說吧，」她推開了他：「總有下次的，不是嗎？」她的眼淚崩瀉了下來：「總有下次的，不是嗎？」她重複着，撲向他的懷裡：「總有下次的，不是嗎？」說着，不讓他有抓住她的時間，就飛快的跑走了。

他沒有追她。在那裡呆住了很久。然後，他用手擦着被淚水浸溼的臉龐，一步慢似一步的走回去。

「總有下次的，不是嗎？」他也重複的向他自己說着這句話，那聲音小得只有他自己聽得見：「總有下次的，不是嗎？」

——一九五七年十月十六日，自由青年半月刊十六卷八期

——一九五八年一月，入選「自由青年文藝叢書短篇小說集」，自由青年社出版

——選自師範短篇小說集「苦旱・燃燒的小鎮」，二〇〇四年八月文藝生活書房出版

金殿·丹墀·與階下的人

突然間他被警覺「時間到了」的下意識所驚醒。朦朧中伸手把枕頭底下的手錶拖出來，瞇着眼看了一下。一點二十分。上班的交通車是一點五十分。有十分鐘的時間起床，盥洗，穿衣足夠了，那麼還可以睡二十分鐘。不知怎麼的，也許是最近工作太忙，總是感到睡眠的時間不夠。有時候更越睡越困。

把錶塞回枕頭底下，他翻過身來，伸了一個懶腰，再度的閉上眼睛。咦，奇怪。今天太陽簡直要從西天升起來了？隔壁居然不開收音機。隔壁總是那樣討厭。在平常，每一個同事中午都睡午覺，就是隔壁中午不睡，把收音機扭開到最大的音量，就怕別的鄰居聽不到他的收音機，就怕吵不了鄰居的午睡。有幾次他簡直要跳起來，恨不得衝到隔壁叫他關掉。因為個人的自由是以不妨礙他人的自由為前提的。理由是絕對充分，但他到底沒那樣做。要是幾年以前，他可能會。但現在，他不會這樣做了，因為他長大了。不但長大了，而且懂了很多事。他犯不上去得罪人家。即使那是不對的，他也犯不上去得罪別人。他已為類似的許多事在那些年裡頭得罪別人夠了，他覺得那是正義，但別人把他的那些行為叫做「不懂事」。而現在他大了，他該懂事了。於是他忍耐着一切，包括隔壁那種從不考慮別人的中午連續兩小時大聲的打開收音機在內。——到底是多久，他不很清楚，反正從他中午回來到他再出去為止一直是開着的。

但是今天不同。收音機的聲音沒有了。人真是賤骨頭。沒有收音機吵了，該更容易入睡才是呀？可是正相反。許是突然間沒有了那種條件反應而使他的精神失去了平衡？他竟一反往日困倦的感覺，而不能立刻再入夢境。大約有半分鐘，他處於半醒半睡的狀態。嗯，有低低的談話聲。誰？什麼地方？喔，難怪隔壁今天沒打開收音機！在談話哪！那都是女人的聲音。會是誰？倒是半斤配八兩，也不睡午覺來串門子。嗯，一個是隔壁那位太太，她的聲音不論到那裡都是註冊商標，沙啞而高亢，那種具有神經質女性講話時的特徵：激動。還有一個呢？是誰？聽不出來。好像是——嗯，奇怪，聲音蠻熟悉，可是這一個住宅區裡的太太們都不是這副嗓子。

「可不是嗎？誰還想到會在這裡見到你！」那個顯然是客人的聲音說：「算起來已經十五年了，那時你還紮了兩股辮子呢！」聲音愈來愈熟悉。

「你還不是？挾了個病歷像個耗子一樣在人堆裡亂鑽！」

底下是兩人一陣笑聲。

是誰呢？挾了個病歷？——啊！他從床上跳起來，迅速的走到牆邊，幾乎把耳朵都貼到牆上了。難道會是——？

「那你現在還在做不在做？」隔壁那李太太問：「護士長？還是——？」

「現在？」客人笑了起來：「你看看還能做嗎？」

看什麼？他看不見，他倒真想看看這講話的人倒底是誰。會是她嗎？

底下有一段話他聽不清楚。李太太那兩個小鬼在打架，哭起來了。然後，大人有一陣忙亂，叱責，以及腳步聲。到沒有孩子的哭聲時，對話又清楚了。

「唉，你看看要命不要命，煩死了。」李太太說。

「誰叫你生的？」那客人的聲音笑了起來：「你可以不生啊，你在學校裡時不是這樣對我說過的嗎？『一輩子不結婚』。」笑聲更大了：「還沒過半輩子呢！」

啊！就是她！絕對是她！竟是她！那句話她曾告訴過他的。她曾告訴他說，他的一個同事說「一輩子不結婚」，可是她卻不這樣打算。女人總是要結婚的，她說，她可是要結婚的，而且，不願等得太久。

怎麼會是她！他的第一個意念是要跑過去見他，說：「嗨！想不到是你！」然後，他們會有很多話要談。但他轉過身來還沒邁出第一步，他的考慮就來了。能衝過去嗎？就這樣，像這樣的情形見她嗎？還有，讓隔壁那個神經質的太太以後當話柄嗎？

她來隔壁多久了呢？她來這裡好久了？會在這個城裡住嗎？還是在那裡？南部來的？還是香港？還是另外別的地方？她是什麼情形下來這裡的？顯而易見的李太太與她是同學。她現在是什麼樣？生活情況怎麼樣？家庭呢？一個人嗎？還是——？

「誰能知道以後的事情啊，」李太太笑着回答道：「好了，談談你吧，結婚了吧？」

他幾乎是豎起了耳朵來聽。那也是他願意知道的。

但是她沒回答。顯然的，她回答李太太的話是用動作，而不是語言。她是點頭呢，還是搖頭？他倒不在乎她是否結了婚，甚至希望她已結了婚。那些都不是要點。要點在她現在是什麼情形。

「他是何許人也？」李太太的聲音。

他鬆下了一口氣。果然不出所料。她結婚了。是什麼樣的人呢？

「商人。」她簡單的回答。他在隔壁看不見她回答這兩個字時的表情。他倒很想看看。果然又是不出他所料：她尋求的歸宿正是那時她有意無意間所表示的。頃刻間他覺得他自己的腰幹挺起來了。在這一點上，至少這一點上，他已高過她很多：至少，他還不至於那樣現實。人，總要有點理想才行。沒有理想的生活，是什麼樣的生活呢？因此，他重新感覺到當年他的決定是對的。

在那個重要的決定裡，那是九年以前的一個沒有月亮的晚上，他最後終於告訴她說，他覺得在當前的情況下，結婚將不會給他們中間的任何一個人帶來幸福。「可能有一天我會懊悔我今天這樣跟你說，」最後他還說：「可是即使如此，在那一天到來以前，如果我們結了婚，在那一天以前的日子裡，我們彼此將感遺憾。而婚姻，是絕對不能容許任何人有任何一點遺憾的。」她同意了他的觀點：「你最後的一段話是對的。雖然我承認我對你有着那份感情，而且我也相信你對我有着某種程度的感情，不過那些都不重要。重要的是原則問題。正如你所說，我也不希望婚姻中有任何一個人有遺憾的感覺，甚至我絕不能忍受其中任何一人的遺憾。因此，我想——我想我現在已經完全的，很清楚的了解了你的心意。」當時他不知如何是好，他覺得他的率直傷害了她，但是他又沒法彌補。這種事無法彌補，而且越是彌補，越顯得有缺陷。倒是她主動的替他解除了窘迫。「沒關係，不要有什麼抱歉的想法。你並沒有做什麼對不起我的事啊？我們只不過是看法不同罷了。這兩、三年來，我們很好，我們會永遠是好朋友的。從前是，現在是，將來還是。說真的。」她倒笑了起來：「將來我結婚的時候，你只送禮而不參加呢，還是也送禮參加？——我斷定你至少會給我送禮物，是不？」他很窘。那不是開玩笑的時候，他實在沒那份幽默感，他也不覺得有任何幽默之處。她接着說：「算了，你送不送禮都隨便你，我請帖可總會發的，——只要我知道你在那裡的話。」

可是他沒接到她的請帖。正是她最後那句話：她不知道他在何處。因為從那時開始，他們中間就很少再見面，甚至難得見面。不久，局勢就變了，他在匆忙中跟着撤退的船獨自來到這個新地方，而一直躭了下來。他有過幾次的調來調去，但總是在這個島上。沒什麼壞的，可也沒什麼更好的。有時候，甚至常常，他想到她。清楚的說，他被他自己說中了：有一天他會懊悔。她是什麼時候結婚的？他不知道。但是九年了。她該結婚了。那個時候同在一起的朋友們都該結婚了，也都已結婚了，就剩下他。他當時不要他自己遺憾，而最後唯一遺憾的人，恐怕也僅僅是他自己一個人。世界上的事情就是那麼矛盾：怕來的偏會來，想要的偏沒有。當時他不想結婚，是怕結了婚會妨礙他的上進之心與前途。但這些年來他沒那些阻礙，他也沒有——幾乎是一點的發展也沒有，又是誰阻礙了他呢？理想與現實是兩回事，而人是在現實中活着。

這些年來，他常為這感到生活的缺乏情趣。他害怕有一天在無意中見到她，即使她沒一點嘲笑他的意思，他自己也會覺得無地自容：當年說出的大話兌不了現！而今天，她突然的出現了。當他第一個想見她的本能感過去以後，他就開始不安了，怎麼見他？他的理論破產了，他的理想已被宣判死刑，他僅是個存在的物體而不是一個有生命的人，如何去見別人？但是她回答李太太的話給了他一針強心針。她說她的丈夫是個商人。這可使他鬆了口氣。商人，不管怎樣，錢再多，總是商人。

「那還不好？」李太太的嗓子又響了起來：「這年頭，商人最好。我就是沒那個命嫁上個有錢的人，弄得我每天要為開門七件事煩心，每個月為那幾百塊錢在煉命，……」

「好了，我的好太太，別抱怨了，」顯然是老李的聲音插了進來：「你既然知道自己的命就好了，還抱怨什麼？你早知道我會做個公務員的啊！」

大家一陣笑聲。

「怎麼不抱怨？」李太太笑着說：「有得抱怨咧，以後我還要天天抱怨哩！走開走開，讓我們談我們的，真的，」她拾起剛才的對話：「那你的生活真開心。做什麼生意？進出口？開紗廠？還是百貨公司？——現在開飯館最賺錢！」

她大聲笑了起來，笑着而又笑着。

「你看我有那個百萬富翁的命啊？」她停止了笑，說：「小生意。小得不能再小。——要吃飯啊，就得做。」

「算了，別賣關子了，我剛才抱怨了，你就怕我會跟你借錢是不？」李太太幾乎是大聲的笑着叫了起來：「放心，我再窮也不會向你伸手，看你就一點口風也不露，那你今天找我老同學來幹什麼呀？想不到我這樣落魄吧？」

她笑得更響了。

「是啊，就怕你開口借錢，」說着，笑聲沒有了：「說給你聽可不要笑掉你的大牙喔，還有，不是高樓大廈的話以後你也只好看在面子上過來坐坐囉？」她一字一字的說：「告訴你，一爿小雜貨店。」

「別開玩笑。——在那裡？」李太太顯然的已相信了一大半。

「中崙菜市場附近，索興告訴你吧，木板房一間。」頓了一下：「滿意了吧？」

那絕不是開玩笑了。那定是真話了。雜貨店！她居然嫁了個開雜貨店的丈夫！一間小木板房！想想看，有虫的鹹菜桶，帶糞的臭鴨蛋，潮溼而泥濘的門口，一個披頭散髮的女人在一個女佣指手劃腳的嚕囌下在秤粉絲乾，而另一個酒氣醺天的醉漢拖着沉重的木屐，在抱怨還沒有給他拿一瓶太白酒！

他的頭抬起來了。雜貨店的，——嗯，就算是老闆娘罷！嘿，給人稱上老闆娘三個字已經不大雅觀，就會感受到只有銅臭味而沒嗅到一點書香氣，更何況是雜貨店的老闆娘！不是銅臭，而是雜貨臭味！每一個雜貨店的女人都是這樣的，她又何能例外？頃刻間他覺得他的腰幹挺得更直了，他比他自己想像中感覺的自己要高得更多了。他曾經想過她定是結了婚，可能對象很好——以現在的眼光來衡量的話——也可能不十分好，但總是可以過得去的。說實話，她在一般的條件上說來，絕對不會找個太差的對象的。她也會是一個相當賢慧的妻子，只是缺乏理想罷了，總之，她結婚的話，不一定會好到那裡去，但有一點他可以相信，就是也絕不會差到那裡去。可是這種想法今天給了他以迎頭痛擊：她的結論與他的推論完全不對。那些已有的假定在現代數學上已不適合，而原有的方程式幾乎已全給推翻了。居然她結婚了，而她的歸宿竟是這樣！什麼都沒關係，退一萬步來說，可是有一樣卻絕對有關係，那就是千萬不能俗氣。而她偏偏就走上了這一條路。不但俗，而且俗得不能再俗！他在與她交往的一段時間裡，儘管是覺得她沒什麼大理想，可是在其他各方面她給他的印象都還不錯，簡直可說很好。那時他作這樣的決定，還是咬了牙的，因為她除了不大有理想以外，一切都不錯，可千萬沒想到她當時那一點沒理想，實際上就是不能免俗。不但不能免俗，而且今天看起來她是在往俗裡鑽，不停地鑽！

要不然，她怎麼對做一個雜貨店的老闆娘沒一點羞恥的感覺？儘管她對李太太說不要笑她，實際上從她的笑聲裡他可以聽出她對自己的身份與職業沒一點遺憾，而安之若素，有滿足的感覺。

他輕輕的嘆了一口氣。她露出她的本來面目了，一個俗氣的，像世界上千千萬萬一樣的一個俗氣的女人。那種想見她的衝動沒有了。自己既沒這個必要，又何必傷害別人？他走回床邊，把枕頭底下的錶摸出來。一點三十五分。該去洗臉準備上班了，可是她答覆李太太的話使他又停步了下來。

「生意很好吧？」李太太問：「那你們兩個人一定是夠忙的。」

「到是不錯。」她說。然後，有一聲輕微的，但顯然是滿足的嘆息：「唉，他也不是吃這行的，弄得沒辦法了，大家就想出這個主意。開始的時候簡直笑話，我又大着肚子，幾乎虧本。」她笑着說：「後來慢慢的總算在生活裡找了點經驗，現在忙慣了，也不覺得了。」

「他也不是吃這行飯的，」那麼他是幹什麼的呢？李太太可能是隨便問，但他卻願意聽。

「那你現在幾個孩子？」李太太笑着：「你為什麼不帶來？剛才我還不敢問你呢！」

「兩個。……」

「男的女的？多大了？」

「一男一女。大的是個男孩子，六歲半了，小的四歲，我也硬給塞到幼稚園去了，——都在上學嘛，怎麼帶出來？」她總是笑着：「也太煩了，他爸幾乎每天晚上都為了寫字要對老大發脾氣！——現在唸書簡直比登天還難，他馬上得進小學了。」

「可不是，我還不是就欠這些兒女債？」李太太同意她的看法。頓了一下，說：「倒忘了，你剛才說你那位。是誰呀？我認得不？什麼地方人？」

隔壁的人把呼吸都放輕了。

「你不認得的。」她說：「他是南方人。我們在南京認識的，後來一起來這裡，就結婚了。」她頓了一下，繼續說：「他是讀會計的，本來在一個機關裡工作，可是連生活問題都不能解決。於是找了個機會資遣了下來，就開了這爿小雜貨店。」

「那你怎麼說？」李太太又問。

「我支持他下來的，開這爿雜貨店也是我們商量決定的。——我知道別人會笑我，但是我不這樣想。人總是不能老是想這樣想那樣而不動手去做，是不是？我知道熟人一定會說我沒志氣，——嗯，我實在也沒什麼大的理想，我只是覺得即使有抱負，也得腳踏實地。」

「這樣好嘠，你看看我現在這樣還不是越來越糟？」李太太說：「唉，我這一輩子才是真的完了，你呀，我早知你的性格跟我們不一樣的。」

「不過再做一陣子也許不做了。」她說。

「那又為什麼呢？」

「我們在準備搬到鄉下去。最近正在談新莊附近一塊地，我們想把這個店讓了，去搞一個小小的農場。你知道，我實在對雜貨店既不內行，又根本沒什麼興趣，甚至討厭。但人總有時要進進退退地的走，才能達到目的地呀！」

他在隔壁楞住了。他怎麼從沒有發現她呢？甚至一直在五分鐘以前，他還認定她是一個俗極的女人，還在慶幸沒為自己套上那個圈套。但是他錯了，而且錯得很深。她不但不是他原先以為的那種僅僅給男人以羈絆的女性，而且她更是一個有理想，有抱負的人。他曾一直鄙夷那些販夫走卒，總覺得自己比他們不知道高出多少，卻不知道他們實際上比他要高，更何況還有那些客串的販夫走卒，更要比他不知高出多少倍。而她，還不止這些。她以前從沒說過自己的抱負，但事實證明她是有抱負的，那種不能用某一特定的範圍與意義去衡量的抱負。一切的看法與解釋在今天都要修正，甚至完全改變。

她今天的地位之高，是他不能以萬一來比較的：她有了她自己的，雖不太大，但能見到的遠景的事業基礎；她有了同心合力地向前走去的人生途中終生的伙伴；以及，他們愛的結晶，可愛的兒女，她已得到一切，包括女人生活的最終意義：母親！她還要什麼呢？而別人對她還能要求其他什麼呢？她有充分的理由與權利對她所有的一切滿足，對她自己滿足。她為什麼不滿足的笑呢？

自己呢？對比之下，什麼也沒有。九年以前，他以即將就位的王者的姿態，向她說出了他的夢想，而她在他的腳下顯得那樣微不足道。然而九年過去了，他不但沒君臨一切，相反的，她已在不聲不響中升上了王座，而正睥睨着一切。在她的御階的最後一階下面，遠遠的低着頭，是那個九年前她必須仰起臉來才能看到他一眼的人。在五分鐘以前，他不過是不願見她，而現在，他卻是不敢見她。

他憑什麼見她呢？一個一事無成的尷尬而勉強的笑容嗎？

而又是一點四十分了。於是他匆匆的去洗了臉，穿好衣服，套上鞋子。像是小偷一樣，他輕輕的推開了門，悄悄的向候車的地方走去。在那個轉角上，他碰上了隔壁的老李跟其他一些同事。他們開始邊聊邊等交通車，從天氣開始，到目前的待遇。

「剛才我太太來了個同學，先生公務員不幹，兩口子開了爿雜貨店，現在要搞農場了，你看我們還在過一天算一天。」

那些故事這年頭已不算新鮮了，沒什麼人覺得奇怪。

「怪不得你今天家裡不開收音機了，」冒失的小張意味深長的說：「我還以為你家今天出了什麼大事呢。」大家知道小張所謂「大事」沒含好心，會心的笑了起來。可是他卻笑不出來。他在想很多事。最少，他想收音機還是開了的好。因為這樣，他反而可以好好的睡個午覺，可以把枕頭墊得高高的，讓他睡着了，他還覺得自己是高高的。

——一九六二年十二月十六日，今日世界三十四期

——選自師範短篇小說集「慧眼」，二〇〇四年八月文藝生活書房出版

七月的最末一天

認識我的人大多並不認為我是一個好女孩子，至少，看起來我是這樣的。

我比較早熟。我的功課雖然不算壞，可真的也不能算好，而在高中的時候，就交上了男朋友——姑且稱為男朋友吧——，而且我的男孩子也不止一個。我會荒謬地在十七歲的時候連什麼是婚姻都不了解時就要跟人結婚，但到真正要我這樣做時，卻又不知所措而退卻了。之後，我只好從新開始。

然後，我成了一間醫院的護士。那是在自知無望的考了好幾個學校以後，在爸爸的責備聲中，一個「壞」女孩子唯一的一件好事。我考上了一個護理學校，然後，很自然的有了現在的職業。

甚至，我也不能算是一個好護士，這不是說我會量錯體溫、給錯藥，或是打錯針。一點都不是。這職業方面的技巧，我不但跟其他的護士小姐們一樣地能幹，而且可能比她們更迅速、乾淨、俐落；即使對一般護士小姐頭痛的讀藥方跟它們性能的了解方面，我即使不比她們高明多少，也是絕不輸於她們而游刃有餘的。但是我不喜歡上班。我每天儘可能的遲到，儘可能的早退，儘可能的休假。

我對病人的態度也不算好。我一方面替病人打針，用力把藥水推進去，眼睛卻在病人床上當天的報紙。少數病患家屬的過分要求，結果使我對所有病人的任何請求即使是要一團棉球，我也會頭都不抬地回答說：「沒有。」我希望病人們早點離開病床出院，不管是治癒了出去，或是怎樣出去，我都不關心。我只關心那些病床。最好這幾十張病床每天都空着，我就不需要每天去整理床鋪，而可以坐在護理室看小說，或是聊天。或者，就是沒有小說看，沒有人可以聊天的話，我也寧可坐着不動，而不想主動的為病人們做點事。我寧願沉思。

因為，在我內心的深處，有着一種呼喚。我不知道那是什麼，總之，我每天都在焦灼的盼望着，等待着，並且尋找着那些我自己也不十分了解的東西。於是，我下班時希望趕快回家，到家後希望早點出來，走到大街上時又希望趕快回去。

這樣，我過了一年又一年，二十四、五歲的人了，看到同事們喜柬一張張的發來，我不但沒有一點結婚的念頭，反而對一年來一個男孩子對我不斷的，但是不具體的慇勤，像三天沒睡覺的人需要睡眠的感覺一樣，是那樣的疲倦而又疲倦了。

生命，是在被盲目的追求着，但是這樣混亂的浪費着，被自己踐踏着。如果有人要說我是個玩世者，即使我內心一萬個否認，但在被人看得見的事實面前，我似乎也沒有什麼理由可以否認。

有一天，我剛從鄉間回來。車子裏極空，我疲倦的找了一個四面沒人的位子坐了下來。到我的精神恢復一點的時候，我開始被火車的汽笛聲所驚醒。睜開眼看了看錶，我已經睡了一個多鐘點，而再有一小時，就要到台北了。

我坐正了一些，整理了一下衣領，把飄在額前的頭髮用手攏到後面去。

我正對面坐了一個男人。在那昏黃的燈光下，他正在一本黑皮面的本子上寫着些什麼，一面不時的看看他膝上的一些東西，把那枝原子筆像小學生考試時答不出來那樣，在嘴唇上輕輕咬着，再在手裏的那本黑皮本子上寫着。從他筆尖的滑動看來，可能是數字，也可能是英文。不管是這兩樣中的那一樣，我都沒有興趣。不過我已醒了，又坐着沒事，就無聊地注視着他的筆頭，在猜他寫出來的是什麼。

不久，他收拾起那套東西，伸一個懶腰，而把頭抬了起來。然後，他站了起來走了出去。

在他抬頭的剎那，我看到了他的輪廓。那不是一個足以吸引女孩子的臉。不太整齊的頭髮，覆蓋在他那略嫌高寬的額角上。鼻子不塌，可絕不是勞倫斯．奧立佛那種古典式的高聳而可以作為銀幣的側面像的。雙頰瘦削，也許在燈光下，顯得更有點微微的蒼白，耳根也是平平的，沒有一點耳垂。照看相人的說法，不夠福氣。

一下子，他回到座位上來了，手裏同時帶回來一本新出版的「今日世界」。他一坐下來，就立刻把雜誌打開，把頭埋在雜誌裏。

面對着我的，是「今日世界」的封面和封底。很好，封面是今年的檀島水仙花后，她的髮式正是現在女孩子們議論的中心和為大家爭相模倣的。我雖然沒梳成這樣，但我倒要看看這種髮式到底能增加女人多少魅力。她的旗袍也很別緻，是什麼質料的呢？太遠，看不清楚。

那本雜誌在他手裏不停地動着。原來他在很快地翻着，僅偶爾在中間的一頁上略略停留幾秒鐘，大概是在看內容，然後一會兒，他又翻了另一頁。這樣，很快的他翻到了最後，而把雜誌閤上。當他要放在面前小几上的時候，他發覺我在注視那本雜誌。

他連忙遞給我。

「你看嚒。」我不能否認自己對那雜誌的注視，但我尊重那所有權。

「我看過了。」他微笑着簡單的回答。

我實在沒有理由不接受這份好意。他的語氣與態度告訴我，他沒一點故意慇勤的意思。要是另一些男人，他們會說：「沒關係，您先看。」

當我看完了還他的時候，他正在抽煙。悠閒，怡然自得的神情使我原來對「抽煙是不可思議的」想法打了折扣。奇怪，在我面前，他怎麼這樣自然？要是我很醜，倒也罷了，問題是恰恰相反。還有，他到底看了雜誌的內容沒有？

如果一般的女孩子有好奇心，我正是一般的女孩子之一。於是，我一面謝謝他，一面說：

「我看得太慢了。」

「慢慢看沒關係。——我都看過了。」

「都看過了？」我打了個疑問號。這正是我要稽查的。

「你不信？」他笑了起來：「當然，我沒把每一個字記下來。不過凡是對我有用的，我大概都知道了。」

「我看到裏面談到肺癌的成因，」我說：「……」

「其中之一是，抽煙是一個可能，」他微笑着打斷我的話說，再扼要的引述了那篇文章的要點。然後，他彈了彈手上的煙灰，說：「但是『可能』並不就是『一定』。要是抽煙的人看了它就害怕的話，他即使馬上不抽也會得肺癌的。」

我笑了起來。他竟敢把醫學看成笑話！我有點不服氣。但是我畢竟也是人，所以不得不在內心承認他話裏那深遠的哲理，即使我嘴裏在辯說這是可能的，因為抽煙後尼古丁的積聚會破壞肺細胞等等，以及其他一些我們常用的專門詞彙與理論。

「看起來你是學醫的。」他一直微笑着，隨便地說，而沒有一點真正詢問的意思。

「一半是的。」我自動的說明了我的職業。

就這樣，我們開始了談話。那半小時很快，但是談的話也不算少。我們聊着，漫無目的地，但是那樣同意地，深刻地批判着人生。

現在我可以清楚地看到他的臉了。他的眼神炯炯有光，充滿了樂觀與自信。除了說話以外，他的嘴永遠緊緊的閉着，嘴唇還微微有點翹起的樣子，顯示了他堅決的個性。而他的談吐，又替他的眼睛與嘴唇所代表的作了最好的詮釋。

不久，台北到了，我們下車，在天橋上分手，因為我要從後車站走。

我的腳步顯得遲滯起來，好像有什麼遺忘在車上，但記不起來是什麼。

突然，我聽到他在後面跑過來的腳步聲。我回過頭來，正是他。

「這是我的名字，」他掏出一張名片給我，說：「能不能把你的名字也告訴我？」他頓了一頓，有點不好意思地勉強鎮定地說：「你要是把我看成隨便跟人搭訕的人，也隨你的便。」

當然我沒把他看成這樣的一個人。不過說實在，不管人家把我看成怎樣一個女孩子，我可從沒有這樣告訴任何男孩子我的姓名。但這一次我不知道為什麼竟覺得無法抗拒，這二十幾年來，我的名字從不是我自己的，或對自己對別人有過任何意義；而到今天，才知道它是代表真正的自我。

於是，我一點沒猶豫的接受了他的名片，也一點沒猶豫地說出了我的名字。

我們開始約會，一次接着一次。有一天，我們整夜都在愛國西路、法院，與三軍軍官俱樂部間的這個框框上走着，一直走到天亮。然後我們同去望彌撒。我們都是天主教徒，而我更是從小就受洗。但除了童年以外，我實在很少去教堂。這時我又找到了自己，以後一直到現在也經常有規律的去教堂望彌撒。那天早上在去教堂的路上，我們彼此沒說一句話。突然，在同一秒鐘裏，我們同時向對方說：「我從沒有整夜不歸過。」這樣，我們四目相視，彼此在輕微的嘆息與搖頭中。把手捏得更緊。

我曾在生命中混亂、迷失，我也曾說不出自己在尋求什麼。但是現在我知道了我以前沒有的是什麼，要找的是什麼。而且，我也終於找到了我所要的。

現在，我們已結婚了三年。這是說，從我們認識起算來，已經有了五年了。我們已經有了兩個孩子，一男一女。我使用縫衣機為自己跟孩子們做衣服，一下班回家，就自己下廚房弄菜。而在認識他以前，我一直是穿舶來的衣服，看到廚房就皺眉頭的。這並不是說他沒有能力供給我穿一件舶來的衣料或是雇不起一個女傭，而是我覺得那些舶來衣服對我已毫無意義，而女傭做的菜也總不能合他的口味。他在一家公司任職，收入足夠溫飽，但是我覺得生活也像感情一樣不應浪費。他常說人是在生活中活着，因此我才從他那裏知道了什麼是生活的藝術。有時候我上夜班，他總是風雨無阻地來接我，雖然從我工作的醫院到家交通很方便，有兩路公共汽車可搭。可是他總不讓我一個人回去。有時候他到得早一點，就幫我做點事。有一次大風雨，我快要下班了，來了一個急診，要注射鹽水針。他幫忙把鹽水瓶拿出來，看見有效日期過了，要我換一瓶。我一看才過幾天，而且晚上倉庫已經上了鎖，沒人管理，就說沒關係。可是他怎麼也不同意，結果他自己冒着大風雨上街買了一瓶回來。要是以前，我才不會那麼做。就是不過期，也許不一定那麼迅速地把人救治。職業的習慣部份變成了個人的習慣，可是從跟他認識以來，我知道了很多，尤其在打針給藥的時候，絕不再有一點馬虎。不但不會沒去量體溫而在記錄上寫着「體溫××度，無任何主訴，請每四小時再量一次」的假話來交班，反而自動的為病患儘可能的做點事。

我希望他們每個人都痊癒。很快痊癒。鋪床又算得了什麼呢？

同事們都說我變了，變得極好。我倒不覺得。我只覺得他們在說這話時，雖然沒有一點諷刺的意思，但顯然的認為我以前不好。這不公平。生命的琴弦不是任何兩支在一起都能和諧悅耳的。只是我現在竟那樣幸運地找到了他這支和諧的琴弦：一個懂得生命真諦的男人，於是我的內心便也充滿了生命的要求。何況，我們的第三個繼起的生命，又已在我的身體裏向我歡呼了呢！

對他，我絲毫不用隱瞞我對他那極端的愛意，因為他也同樣的愛我極深。當我們在孩子們都睡着了而僅兩個人在一起時，我們會互相對對方表示自己的心意。只是有一點，為了自尊心的關係，我決定不要告訴他，在我們認識以後，他第一次給我電話時，我已盼望了他的電話多久！我會揶揄他說：「我知道你會打電話來的。」或者最多，我承認對他有印象。譬如當他考我說，我們第一次見面是那一天時，我會告訴他說那是卅一日，是七月的最末一天。

——一九六三年九月十九日，徵信新聞「人間」副刊
以一個女孩子的筆名發表
——選自師範短篇小說集「緣」，二〇〇四年八月文藝生活書房出版

寒夜

「快十點了，你該走了。」

「為什麼你老催我？——你巴不得我早走，是吧？」

「唉，」她深深的嘆了一口氣，把他的頭扳得正對自己，看住他的眼睛說：「我是巴不得，——巴不得你永遠不走！」

他再度緊緊的擁住她，她也抱緊了他。

現在輪到他嘆氣了。然後，他鬆開她，坐了起來。

「不要送我，」他一面穿上大衣，一面說：「外面冷。」

「我也不想起來。也許可以不去想你什麼時候到家。」

他已慢慢走到門口。聽到後面那句話，立刻跑回來，俯下身子，握緊她的手。

她重又緊抱住他，眼角裡已經充滿了淚水。

「子南，」她一面流淚，一面叫他。

「嗯？」他等待她說話。

但她沒說下去。

「要告訴我什麼？」他再問她。

「沒有什麼。——我在想，我是世界上最幸福的女人。」

他撫着她的頭髮，有點不解地看着她。

「不是嗎？」她撫着他的臉：「有些東西人們無權得到，但是我得到了。還不夠幸福嗎？」

他沒有立刻接下去說話。頓了一頓，他輕輕的搖着頭，緊握着她的手，看着她深情的說：

「你的眼珠多黑！——太黑的眼睛，不——好。」

門外，是回家的路。回家?那是家嗎?

月亮很好。但是很冷，寒氣也逼人。他打了個寒噤。已經是十二月，也是該冷的時候了。

他把大衣領子拉上一點，點上一支煙。白色的煙與白色的寒霧混在一起，產生了瞬間的朦朧。

瞬間的朦朧?

跟心宜在一起，可決不是這種感覺。一點也不朦朧。而是實實在在的，具體的，絕不含糊的。

「我不糊塗。」有一次，他們談到這個問題，他說她有一天會後悔自己的糊塗時，心宜說：「糊塗的是你——或者沒有人糊塗。你說是不？」

他不能否定她的話。但也不能承認她的話。

那麼誰糊塗呢？

也許是芸芸。

想到芸芸，他的腳步慢了下來。這時候，她或正在寫她的稿子。

就連早點回去都不想了。對剛才聽了心宜的話跨出她家門口的動作簡直有點懊悔。於是，向停在身邊的計程車搖了搖頭，繼續邁起自己緩慢的步伐。

回家的路實在並不太遠。

開了門鎖，進門，換上拖鞋。除了客廳裡壁燈亮着以外，剩下的是一片寂靜。

芸芸沒有在寫稿。在壁燈下面的茶几上，有一張用稿紙寫的便條。

小芸有點發燒，吵着要我陪。我已睡了，不要叫我，免得把她吵醒。已去看過大夫，吃了藥。有點感冒。

同學會開的如何？忘了跟你說，不妨多玩些時候：我既不能陪你一起去。

九點半

他急忙卸下大衣，匆匆走進臥室。

九點半？那時他正在心宜的暖室裡，手裡拿着她調製的冰酒，與心宜相對而坐。在他們中間，是一只橫式的電熱爐，一副撲克牌，以及一疊半古典樂曲唱片。

而小芸這時正在發燒！

母女都已經睡熟。小生命的臉上，正泛出不尋常的紅暈，以及較平時略為急促的呼吸，熱熱的吹上試探着的父親的手。歉疚使他幾乎差一點就忘了芸芸的留言，而要去搖動小芸的肩膀。

芸芸卻醒了。看見子南，她微笑了一下，輕輕的說：

「許是知道你回來。——幾點了？」

「十一點多。」

「回來好久了？」她打了一個哈欠：「玩得好嗎？」

「剛到家。」他說：「還不是這樣。——小芸怎麼了？溫度多少？」

「卅八度一。大概昨晚沒蓋好被窩。」

提起孩子的睡眠，他又不說話了。作為一個母親，她從未細心的照顧過孩子，因為她要寫稿。在孩子與寫作之間，孩子竟不如後者重要，這對他是不可思議的。他本來想說：要是多當心她一點，不讓她着涼就沒事了！但是，這樣說有用嗎？他不是沒有說過。如果有用，她早就聽進去了，一切的事都不會發生，包括他與心宜目前那種方式的交往在內。何況，小芸現在已經發燒了，即使不引起爭辯，不把小芸吵醒，也不能使小芸馬上回復正常。

於是，他沒再講話。

而且，他現在也無法下結論：現在床上陪着小芸的，不是他自己，而是放下筆桿的芸芸。

「睡吧，」芸芸說：「今天好冷。」

看着孩子均勻的呼吸，他漸漸放下心來，鑽進了被窩。

望着旁邊逐漸發出均勻鼾聲的丈夫，芸芸坐了起來。既然小芸已能安睡，他也已經回來了，剛才那幾分朦朧的睡意，就被想把那未完的一段稿子予以完成的慾望所替代了。寫作的時間總是不夠。作為一個已婚，並且有了孩子的女人，寫作比較上是件相當奢侈的事情，而常常是心有餘而力不足的。對子南而言，甚至更是十分浪費的。

但是人生是如此的有限。總得在有限的生命裡留下些東西，即使是別人認為毫無價值的。

披上睡袍，她走到書房裡來。這個書房原是子南的工作室，但是被她的稿紙堆佔了一大半，而顯得凌亂不堪。有好幾個太太說她福氣。她了解那句話的意思是說她沒在這個家裡負起一個主婦應有的責任。她不想爭辯。在她的生命結束以前，必需把這部稿子完成。醫生告訴她，她的生命六個星期以後就難說。那麼，至少這幾個星期內她可以不必躭憂死亡的突然來到，而可以充分的把握這段時間。因此，她必需充分的利用她能有的每一分鐘。

對於這個家，她極為眷戀。子南是個好丈夫，小芸又是這麼可愛。這幾年來，如果是別的男人，對她早已不能忍耐。尤其是這幾個月來，她經常睡的很晚，起的也較遲。她自己知道是為什麼，但子南以為她僅僅為了寫稿，甚至慵懶，而仍舊沒說過一句怨言。有很多次，她想告訴他，她已得了胰臟癌，並且只有有限的日子。但每一次都被另一個自己阻止住了。愛情，有很多種，也有很多的方式。她不知道自己屬於那一種。但到真正生離死別時，她只要他不受她的影響，一直幸福地生活，而寧願不要平常極需要的，他給她的諒解。現在看來，當你面對着可以預期的死亡時，對於更深摯的感情而言，別人的是否諒解是微不足道的。

稿紙在她的面前，早已構思好了的佈局竟不能順利的下筆。她的思維凌亂。小芸，子南，以及她剛剛升起的寫作初日，都使她極為眷戀。她感到視線開始模糊，模糊，更模糊。

她發現淚水已悄悄地滴在稿紙上，但是她自己知道，那決不是為了恐懼。

既然不是，就得拿起筆來。

因為她必需拿起。

寫些什麼好呢？怎麼寫呢？

聽他走得很遠而終於消失了腳步聲時，心宜從長沙發裡坐了起來，到書桌前坐了下來。差不多已有整整一個小時，卻不知道從何寫起。兩人都這樣受苦為了什麼？要麼，就是好，否則就壞。總不能再這樣拖下去，人會崩潰。

那麼，就該把心事說出來。那種眼淚往肚子裡吞的日子不能再繼續下去。要坦白告訴他，除了愛以外，還要佔有。自己要佔有他，也要被他佔有。

為什麼他從不希望佔有她？不，不知道他是不是想佔有她。但事實是他從未有佔有她的意圖與行動。那有點不正常：對於一個已經結婚的男人而言，似乎不正常。開始時她懷疑他，迴避他。以後好了，在一起了，甚至希望他去佔有她，但他從不去佔有她。

愛，總不能柏拉圖式的。它是感情的，並且容許有官能的。她已瞭解他很多，即使不是全部。但有些事她不了解：他不去佔有她。有些事也很費解：她從側面知道他與芸芸之間有了相當的隔膜，但從未聽到他在自己面前批評過芸芸一句話。在通常的情形下，男人們總是會說他的太太怎麼不好，怎麼不好，以博取對方更多的好感，可是他從未。

那麼，他為什麼呢？為什麼要認識她，和她交往，而又不更走近一步呢？孟德爾仲的夜曲固然好，總不能除了音樂，就不再有別的。

甚至橋牌以外，他連一百分也不要打。認命？那更笑話。「別相信命運，」有一次他說：「相信你自己吧，你是你自己的主宰！」

這樣一個堅強有力的生命！如果認識得晚了點，沒關係，畢竟能認識了。不完整的感情，也沒關係，到底她也已等到。

開始時，她滿足於這種認識，滿足於這種交往。但是交往得愈多愈久，希冀也愈強烈。有一段時期，她幾乎已不能自持，但沒有人幫助她不能自持。相反的，是一小杯冰葡萄酒，香甜的，但是冰涼得使人熱度下降的。在這同時，電唱機裡已唱出馬里奧·蘭沙的「I'll WALK WITH GOD」，剎那間，她把他擁得更緊，但是內心平和寧靜到了極點。

她承認那是一種至高的心靈的享受。靈性的放射可能是永恆的，但在時間上卻不是持久的。在兩段靈性的放射之間，更多的卻是人性的放射。當他不在的時候，她幾乎把他想死，有時候甚至在晚上做着些荒謬的夢，而使她睡不安穩，神經質地為他哭泣。

有幾次，只要一聽到他電話裡的聲音，她幾乎要為他昏厥，而發誓這次的約會，不管是什麼樣的情況，也要把他捕獲，要不，就願成為他的俘虜。但等到一見了面，所有的計劃都忘記了。她渾身無力倚靠着他，面對着火爐，沉醉在音樂的旋律裡而不再想到作戰，不管是戰勝或是戰敗，都不再去想。

而時間，就這樣的過去了又來，來了又過去了。

就像剛才他在這裡的時候，她什麼都想不到。等到他要走了，她真想大哭一場，但是她不能。只怕酒醒時候斷人腸。醉了，在夢裡，一切都是美好的。一旦醒了，就不能再保持這份感覺。早就該哭了，既然開始時沒有哭。現在哭出來只是更壞。必須努力不哭。不要哭。不要哭。

但終於淚水瀉出來了，無聲的，熱熱的。於是她說她是太高興了而流淚，因為她極幸福。不知道他發覺她的本意沒有？因為他走的時候的表情是那樣的沉滯。他會怎樣呢？她不願去想。極其痛苦便是愛的本質。她對他已痛苦極了，不能再加。

因此，她有權要求他作一選擇。像玩牌一樣。底牌總是要翻開的。不管是什麼，或是什麼時候。總得要看。

於是，她走到書桌前來了。

電熱爐仍插在那裡，投射出紅紅的光與熱。酒杯仍寂寞的站在桌子中央，被一層模糊的水蒸氣包圍着。撲克牌上的皇帝在瞪着莫測高深的大眼，而皇后卻正以一隻眼睛冷眼旁觀。牆上的掛鐘已經三點半。她長嘆了一聲，站了起來，用力拔掉電熱爐的插頭，走進臥室，無力地把自己扔上床去。

不知道該怎麼寫。也不能寫。不能攤牌。不能，也不願驚醒自己的美夢。因為她從未好好的做過一場夢。

正如同她這些日子以來從未好好的安睡過一樣。不奢望自己今晚會安安穩穩的睡着，只因為天亮以前，他的被窩正暖，睡意正濃。

剛鑽進被窩裡不久以後那一段時間，的確很暖和。可是幾個鐘點下來而久久不能睡着，尤其是到了天亮前的一段時間，就感到越來越冷了。今晚芸芸竟整夜在寫！

即使寫出來的是一部驚天動地的不朽名作，對這個家庭又有何用？

從一上床開始，他根本沒睡意。但是他懶得跟她說話，也是不想吵她。他闔上了眼皮，便裝睡了，然後發出均勻的鼾聲。因為他不想多說。一點都不想。他不是一個在口頭上特別強調的男人。話說過一次，再一次已經很夠了。結婚以後，她有一陣子的沉寂，看來是實踐婚前的諾言：要好好做一個妻子，而不是作家。可是那一陣子過了以後，她又不甘寂寞起來。他始終不了解，芸芸倒底追求的是什麼。一個人不可能在這個世界上同時得到很多，有時候甚至同時得到兩件也是不可能的，譬如說，幸福的婚姻，以及作家的名望。她在面對這一個事實時，必需作一抉擇。但現在看來，她兩樣都要。而結果，她可能都不能得到。對家庭，她未盡到主婦與母親的責任；對寫作，也沒得到功成名就的收穫。而且，如果在婚前她堅持這點，那麼他就會作一選擇。如果認為非她不可，那麼現在的情況也是他必需忍受的。但情形剛好相反。他感到諾言的被踐踏，而導致家庭受到損害，而及於婚姻關係。他看不出一個女人有更美的時候，除非她信守婚姻的要件，以及站在搖籃旁邊，而不僅是得到外界的讚賞，但是失去家庭的溫暖。

而芸芸還要別的。他不知道為什麼她還要別的。但她就是要別的。或者，要別的，而寧可不要家庭。於是，在一段時間以後，他開始退一步着想，希望她能兼顧。

他願尊重她的寫作，但也希望她能不使這個家庭的步調混亂。可是連這點希望也使他失望了。當她致力於寫作的時候，她不但不能善盡主婦的職責，並且連孩子的健康也被忽略。天氣突然轉變的時候，她會忘了為孩子加減衣服；肚子餓了，她還沒有準備做飯。然後，小芸病了，好了，又病了。

惡性循環。惡性地循環。家已不成個家，溫暖早已在眾目睽睽之下走了，如同現在被窩裡一點暖氣都沒有一樣，儘管窗戶緊閉着也不暖。

有一天，他辦公室的窗戶被打開了。三月初春的氣息從窗口不斷地吹進來，多久以來悶鬱着的心情被翻動了，開朗，輕鬆，而感到有了活力，他舒服的舒了口氣，使在這窗口下面辦公桌上的女孩笑了。

「第一次看到你的臉上有了笑意。」

她就是心宜。一個為辦公室裡的單身漢們想望着，但是從未接受過他們想望的人。她在等待什麼？為何要這麼多考慮？還是已經情有所鍾？最少，也該享受人生啊，像她這個年齡，沒人比她更有這種權利的。慢慢的，她平直而不苟的談吐告訴了大家，她只是等待有一天，會遇上一個人而已，並沒有其他。

因為他們之間彼此沒有等待的理由，反比其他的同事間少了些隔膜，多了些聊天。但是這些聊天裡，他從不跟她談到芸芸，不管他對芸芸怎麼想。那沒有必要。那是個人的私事。

而那天她這句話卻告訴了他，她早已發現了他悶悶不樂的秘密。女人自有她們的第六感。為什麼是她，而不是芸芸？為什麼不是芸芸，而是她？

也許是沒有理由的。也許是有理由的。總之，他們間開始了交往。那像是個夢。他自己一直不相信，現在也仍然不信。不信他與心宜之間會發展到今天這樣的情形。而且，他一直也痛苦於這種犯罪感的交往，雖然他們中間一直保持着一種界限。他也相信那界限在可預見的將來是會一直保持着的，但他不知自己能保持多久。保持這種界限的力量主要是來自小芸。他能為小芸做一切，包括十分歉疚的，對善良的心宜失約在內。心宜，是他情感的避難所，但小芸是他生命力量的泉源。

因此，當那使他感到幸福的時光來到的時候，也是他痛苦矛盾俱臨時候。人們在追求某一種想望時，卻不能放棄另一種。而既不能放棄另一種，卻又需要依附某一種。矛盾。矛盾就痛苦。

他在矛盾與痛苦中生活。但他也在短暫的快樂與幸福中生活。

這就是人生？一秒鐘，一分鐘，一個鐘點，一天。

而天已亮了，那可是又一天的開始。

開始是很難的。既然開始了，也就好了。

她覺得這篇東西最難的開頭已經起了，這個晚上寫得很順利，就好像自己面對大家對這個家庭責任的議論一樣，開始時心理的壓迫極重。現在她已不能再顧到一切了，就像自己對子南與心宜的交往，開始時幾乎根本不能忍受一樣，而現在，她也不能再顧到很多了。

因為自己將在人生的路上告一段落，也因為自己的作品應該可以給人們在人生的旅程中有所貢獻，所以其他的都在其次。從一個既有的角度去看，家庭與子女是最重要的，她從未否認。但在某些情形下，也許應該容許從另一個角度來看，也許可有不同的詮釋，——也必然應有不同的詮釋，不管別人怎麼想。她現在也無法去管別人的想法。聽，小芸醒了，子南正在輕輕的拍着她。

她把窗簾拉開。東方已有了晨曦。在微風中，送來聖方濟教堂早禱的鐘聲。

這是永恆的寧靜。明天，後天，不管她在這個世界，或是離開了這個世界，那鐘聲將每天都會送過來，不會停止。

這就是人生！而她已盡了她這一生的力量去做她認為這不完全的人生中盡量做到的責任。

她笑了。面對著一張張被她寫滿的稿紙，忍住右腹間習慣性的隱隱的刺痛，她開始有了倦意。

疲倦。但是應該要起來了。

即使是為了上班，也得要起來了。因為去上班，才能又見到他。

見他越多越好。有些事很難說。這不正常。對你不好。不應該。以及許多其他可以形容的詞彙。但已這樣了，而且，會繼續這樣下去。到什麼時候？會怎麼樣？不知道。說什麼都可以。命，孽緣，盲目，或者一切其他更刺耳，更實際貼切形容的字眼。

也許有人會說，心宜，有一天你會醒來。其實，她現在就是醒着的。昨晚整晚都醒着！這些日子以來，她一直都是醒着的。

還要怎麼醒？

自己既不懂自己，還有什麼人會比自己更懂自己？

這就是人生。不是每件事情都有成規的解釋。也不必要。

而現在，她必需要上班了。寒夜是難挨的。醒著的寒夜更沉重。今晚寒夜還會再來。明晚，後天，無盡的寒夜嗎？

而現在總算白天來了。總可以先過個白天。也總得過。

——一九六五年一月廿三日，脫稿。不知何故竟未發表。

——二〇〇三年十二月廿九日整理舊作準備付梓時，發現原稿已脆碎，乃予重抄付梓，二〇〇四年八月列入短篇小說集《慧眼》出版。

——選自師範短篇小說集「慧眼」，二〇〇四年八月文藝生活書房出版

書店

丟下電話，匆忙的披上一件外衣，她衝出大門，揮手攔了一輛計程車，幾乎是跳了上去。

要說怎麼會這樣，還不如說這一天遲早會來。只是對她而言，這太突然。幾十年來，特別是最近這段時間，他的身體一直不錯。她從沒想到過他會突然被送進醫院。

她怪自己。她覺得他進醫院，她要負責。至少，要負很大的責任。因為最近這些日子以來，那些偽裝的堅持，與刻意對他的冷淡，表現在不斷的奚落他、似真實假的指責上，使他委屈得不予辯解，並且真誠的對她表達自己不知之罪的內疚，而不斷的向她道歉。現在覺得為什麼要這樣殘忍的，其實完全口是心非的折磨他，那些欲加之罪的何患無詞，而崩潰了自己的眼眶：你是個笨人！好笨、好笨、好笨！你好笨！你不懂女人，至少你完全不懂我這個其實很普通也很笨的女人。你好笨！你跟我一樣笨！

認識他的時候，她剛進大學。那不是一封陌生女子的來信。他們之間不陌生，只是一個無解的程式。他是大人，而她則還只是個很懂事的大孩子。但是對他來講，她太年輕，也太單純。也因為這樣，他們之間的交往，總是那樣淡淡的。淡淡的招呼，淡淡的對話，以及刻意淡淡的交往，遮蓋了兩人之間實際上那種深深的相互的關注。畢業了，有一天她送來一張喜柬，說：「老師中我只發這一張。你說過，人總是要結婚的。你一直催我不要拖，現在你高興了吧？所以一定要告訴你。但是你不要來。」他聽從了她的話，送了賀禮，帶上祝福，但是沒去。

有一天，她寄來一張她自己攝影展的請柬。他在電話中祝賀她，約定了開幕那天去參觀。她在大門口等他，介紹給先來的賓客，然後陪他參觀她的作品。他很想多參觀一下，可是參觀的人越來越多，他只好告辭，說改天再來。她為沒有能好好陪他多看看照片，就找她的助理為他們在那張放得最大的照片前面照了一張照片，說：「洗出來給你寄去。」他收到那張照片時，發現照得很好。他們靠得很近，她柔順的靠在他的身邊。

下一次，她邀他去美術館看當代法國沙龍的畫作。有的作品聞名已久，這次親眼目睹。然後，他們在地下室的茶座喝茶，聽她對於那些畫作特點的個人看法。他靜靜的聽，聽她的評介。他也靜靜的看，看她的神韻，那種知性與感性交互放光的神韻。

有一次，她很急的把他找出來，告訴他：他打她。他不敢相信自己的耳朵，不知所措地找不出該怎麼安慰她、關心她、回答她的話，只是焦急的抓住她的手說：「怎麼會這樣？」他無法理解一個男人動手，「絕對不能再發生這種事，」他說：「再委屈還是要先保護自己。」他的心裡很疼。

有一次，他說妳不是很喜歡那個知名的，已經香消玉殞的女歌手的歌嗎？有朋友剛送他兩張明天晚上由另一位知名女歌手演唱她歌的紀念音樂會的入場券，送給她跟她的另一半去聽。她說你知道我最喜歡她的歌了，當然要去。但是，「他不會去，你陪我去好嗎？」然後，他們享受了幾乎是整晚的感動，因為聽眾們不斷的高喊安可。

有一次，她告訴他，她在醫院。還沒來得及問她怎麼了，她就把電話掛斷了。他丟下手邊的工作，急忙去看她。經過醫院旁邊那個花店，他買了一束盛開的玫瑰。找到她的房號，她正半躺在床上，呆看著天花板。他把那束花放在她的床頭櫃上。

「妳怎麼了？」他坐下在床邊的椅子上，低聲的問。

看得出來她很高興他的來到。

「只是想跟你見見面。」她再坐起來一點，把背全部靠在床頭上，只是盯住他的臉。

他完全聽不懂她的話。

「我只是動了一個小小的手術。」她平靜的說：「我在想，你知道我在醫院，應該會來看我。」她的眼睛裡包含著淚珠：「我終於有了自信。你終於送了我想要的花。」

他握著她的手。

「動什麼手術？」他傻傻的，但是真誠的問：「什麼手術？」

「不重要的小手術。」她也握住他的手，搖搖頭說：「不重要。」但是她的淚珠卻不停的流下來：「見到你真好。」

也許是他不必知道的某些小手術吧？他真的不太懂女人。真的不懂。

有一次，他們去紫藤廬喝茶，聽古典音樂。送她回家時，她說：「我的大衣上滿是你的煙味。不過這樣我可以知道有你。」

有一次。有一次。還有一次。又有一次。

歲月是一面鏡子，照過她的朱唇紅顏，也照出了她開始花白的頭髮，當然他的頭髮更不用說了。生活則是一片透明的玻璃，他們彼此都能很清楚的看到對方日常的情況。但是感情卻是一塊渾厚的羊脂玉，要用心的揉撫才能使它更晶瑩，更剔透。

有一次，他們在榮星花園散步。他們坐在一個涼亭的石凳上。她告訴他很多事。工作上的，家裡的，以及她那兩個漸漸長大的孩子們的。突然，她幽幽的說：

「如果你沒有時間再理我，就不要再勉強了。」她說：「如果你忙得只有幾個月，甚至一、兩年才能見到你一次，陪我講講話。」她的眼眶裡又含滿了淚水。

「怎麼會，」他掏出手帕為她擦那不容易擦乾的眼淚，低低的在她的耳邊說：「我哪一次沒陪妳？」

「可是你從未先打過電話給我。」她看著他：「你只是不想看到我傻傻的樣子。」

「我會這樣嗎？」他緊緊的握住她的手，微笑著說：「我怎麼會？——好，你哪天有空，我們去逛書店。」他知道她愛看書。

她楞了一下。然後，開心的站了起來。

「現在就有空。我們現在就去。」她拉著站了起來，看著他說：「只要能見到你，跟你在一起，就會有空。」

他楞了一下，馬上站了起來，很開心的笑了起來。因為她開心了，所以他也開心。說：「現在就去。」

在去書店的路上，她問他最近在忙些什麼。他約略的回答了她的問話，說：「然後想再去一次三峽。」然後他笑著明知故問：「你要陪我去嗎？一個禮拜。」因為她當然不會有空。

她大笑起來。

「你以為這樣就會難倒我了，」她抓住他的手，「現在什麼都難不倒我了。——一言為定。一個禮拜。什麼時候去？」

他當然沒存心要難倒她。但是他知道她應該是沒有空的。現在，他突然瞭解，她的話是真的。他已忘了，現在，她的孩子們都已長大得不需要做母親的來操心他們的起居飲食、功課、以及上、下學。

於是他自己反而楞住了，突然間他恍然大悟，他已無法用任何理由來跟她保持距離。那種刻意的保持距離，原來只是自己無法逃避的前奏。

書店到了。他們各找自己愛看的書。在譯作文學區，他隨手拿起一本《世界諺語精選》，隨興的翻開一頁。這是一則巴爾幹半島流行的民謠：「當有髮的頭伸出來時你如不抓，等一下她要伸出一個禿頭來。」他先是一笑。但是驀然驚覺，這很可怕！原來機會是稍縱即逝的。這比中國人的「有花堪折直須折，莫待無花空折枝」更可怕，更迫切！堪折的花朵尚有猶豫的時間，但是伸出來的黑髮與禿頭之間卻只有瞬間的當機立斷。

她則在中國古典文學區探索。在那本翻開的名家詩詞選上，她一眼就看到元稹的那首名詩。她馬上去找他。「你不是在當年離校返鄉時就經過三峽了嗎？有什麼使你『曾經滄海難為水』呢？」她笑著問他，裝作若無其事，只是隨興問問的好奇，掩飾了內心真正的懷疑。女人是不一樣的，跟自己毫無關係的，別人幾十年前的舊帳還是要翻他一下。當然有關係。

他完全沒想到她複雜的問題，只是平實的回答了她。

「當年離校返鄉，經過三峽順流而下，歸心似箭，有什麼閑情逸致欣賞沿途的山光水色？現在則無事一身輕了，倒要看看，到底是不是『除卻巫山不是雲』。」

他們大笑起來，她覺得她已得到答案。

他們繼續在書堆裡漫遊，她又找到一本書來問他的看法。

「你覺得呢？」她指著那句所有青年男女都熟悉的王爾德的那句名言，「男女之間是沒有友情的」問他：「你說呢？」

他看著她的臉，凝視著她的眼睛。

「這不是數學，一加一等於二。」他聳了聳肩膀，「時間、地點、對象都不同的時候，答案就不一樣。」他說：「這句話也可以無解。」

「你誠實講。」她正面看著他，「不要有什麼設定。」

他投降了。在她面前，他從不說謊。

「他的話沒有錯。——而且，在一種平實的情況下，那種不是友情的感情，也不僅是形而上的，或者說絕對不僅是形而上的。」

她沒再反問他其他的話。她找不出還有什麼理由要反駁他。這句話很簡單，很容易聽懂。但是這句話也很複雜，也很不容易聽懂。她不知道她與他之間，是不是也應該適用這樣的解釋。

現在計程車正經過這家書店。她想起來了，那天在這個書店裡，她還看到那本《讀者文摘》的封面故事。那個女孩決心再度穿上泳裝，重行投入海邊的淺水中，與她心愛的人一起享受夏日海濱的一邊戲水，一邊欣賞漸漸西下的落日餘暉，那種難以形容，而一生難得再有的幸福，使她畢生難忘。當然那天因為回家晚了，堵車、晚歸，第二天早上上班又遲到，所有的事情都亂了，但是那些暫時的錯落都算不了什麼。人的一生中有多少時候有這樣的良辰美景，而又能去盡鉛華，了無罣礙的與心愛的人共處？絕大多數的人一輩子連一次這樣的機會都沒有，或者居然有了，但是不管什麼原因反正就又錯失了。但是，她沒錯失，她已把握住生命中最該把握的。那篇文章的標題是：「生命的價值」。

比起這個女孩，她自己可差遠了。但即使差得遠，即使終於沒能跟他一起去三峽，即使還是覺得他很笨，自己也更笨，但是這個書店給了她不少，因為自己還是已盡量的把握到了那種生命的價值，它們不會再來，但是永不過去。

——二〇〇九年五月二十五日深夜於台北寓所

——二〇〇九年八月，文訊雜誌二百八十六期

選自「文訊」雜誌，二〇〇九年八月第二八六期

後記

承宋總經理之邀由秀威出版我的短篇小說選集，深感榮幸。因此我很仔細的花了很多時間，在我的短篇小說裡選出這十幾篇來請大家指教。

在我迄今六十年的文學生涯中，小說是我的主軸，尤其是短篇。我一開始寫小說，就以短篇為主，雖然因為表達整體觀念，我也曾寫過幾部長篇，但是不論是自己的主觀或喜愛，我始終認為，以短篇來表達人與人之間各種不同的思想與觀念，在有限的篇幅下，更可以凸顯人生的節奏，雖然短篇遠較長篇難寫。但是寫小說的人的責任，就是要能設身處地去呈現人們不同的思想與觀念，讓讀者去感覺，思考、或批判。

這裡的十幾個短篇，分別自我已成集刊出與最近已刊出但是尚未成集的作品中選出，其成篇時間起自一九五一年，以迄現在，也就是從我開始寫小說迄今各階段的作品都有，主要是希望讀者們能從我整個寫作歷程中給我指教：我是否有點進步。

與宋總經理相知多年，就不再多謝了。但是這本書的出版，偏勞秀威設計部張經理慧雯、出版部林經理世玲兩位小姐在百忙中抽空鼎力相助，以及設計部陳佩蓉小姐為我設計出最好的封面，深為感激，特致謝忱。

二〇一〇年三月於台北寓所

語言文學類　PG0365

師範短篇小說選

作　　者／師　範
責任編輯／林世玲
圖文排版／張慧雯
封面設計／陳佩蓉

發 行 人／宋政坤
法律顧問／毛國樑　律師
印製出版／秀威資訊科技股份有限公司
114台北市內湖區瑞光路76巷65號1樓
電話：+886-2-2796-3638　傳真：+886-2-2796-1377
http://www.showwe.com.tw
劃撥帳號／19563868　戶名：秀威資訊科技股份有限公司
讀者服務信箱：service@showwe.com.tw
展售門市／國家書店（松江門市）
104台北市中山區松江路209號1樓
電話：+886-2-2518-0207　傳真：+886-2-2518-0778
網路訂購／秀威網路書店：http://www.bodbooks.tw
國家網路書店：http://www.govbooks.com.tw
圖書經銷／紅螞蟻圖書有限公司
114台北市內湖區舊宗路二段121巷28、32號4樓
電話：+886-2-2795-3656　傳真：+886-2-2795-4100

2010年5月BOD一版
定價：200元

國家圖書館出版品預行編目

師範短篇小說選 / 師範著. -- 一版. -- 臺北
市 : 秀威資訊科技, 2010.05
面； 公分. -- (語言文學類 ; PG0365)
BOD版
ISBN 978-986-221-453-4(平裝)

857.63　　99006495

讀者回函卡

感謝您購買本書，為提升服務品質，請填妥以下資料，將讀者回函卡直接寄回或傳真本公司，收到您的寶貴意見後，我們會收藏記錄及檢討，謝謝！
如您需要了解本公司最新出版書目、購書優惠或企劃活動，歡迎您上網查詢或下載相關資料：http:// www.showwe.com.tw

您購買的書名：______________________________

出生日期：________年________月________日

學歷：□高中（含）以下　□大專　□研究所（含）以上

職業：□製造業　□金融業　□資訊業　□軍警　□傳播業　□自由業
　　　□服務業　□公務員　□教職　□學生　□家管　□其它_____

購書地點：□網路書店　□實體書店　□書展　□郵購　□贈閱　□其他

您從何得知本書的消息？

□網路書店　□實體書店　□網路搜尋　□電子報　□書訊　□雜誌
□傳播媒體　□親友推薦　□網站推薦　□部落格　□其他__________

您對本書的評價：（請填代號　1.非常滿意　2.滿意　3.尚可　4.再改進）

封面設計____　版面編排____　內容____　文／譯筆____　價格____

讀完書後您覺得：

□很有收穫　□有收穫　□收穫不多　□沒收穫

對我們的建議：______________________________

____

____

____

請貼
郵票

11466
台北市內湖區瑞光路 76 巷 65 號 1 樓
秀威資訊科技股份有限公司 收
BOD 數位出版事業部

....

（請沿線對折寄回，謝謝！）

姓　　名：________________　年齡：________　性別：□女　□男

郵遞區號：□□□□□

地　　址：______________________________________

聯絡電話：(日) ________________ (夜) ________________

E-mail：______________________________________